光文社文庫

文庫書下ろし／長編時代小説

父の海

若鷹武芸帖

岡本さとる

光　文　社

この作品は光文社文庫のために書下ろされました。

目次　【父の海　若鷹武芸帖】

若鷹武芸帖
父の海

『父の海　若鷹武芸帖』おもな登場人物

新宮鷹之介　……　公儀武芸帖編纂所頭取。鏡心明智流の遣い手。

水軒三右衛門　……　公儀武芸帖編纂所の一員。柳生新陰流の遣い手。

松岡大八　……　公儀武芸帖編纂所の一員。円明流の遣い手。

富澤春　……　春太郎の名で深川で芸者をしている。角野流手裏剣術を父・富澤秋之助から受け継ぐ。

高宮松之丞　……　先代から仕えている新宮家の老臣。

中田郡兵衛　……　公儀武芸帖編纂所で目録などを編纂している。

小松杉蔵　……　鎖鎌術の遣い手。伏草流鎖鎌術・伊東一水道場の師範代を務めている。

お光　……　芝の浜辺の一画を漁場としている海女。

明石岩蔵　……　金杉橋の袂にある釣具屋・明石屋の隠居。白浪流という水術を自ら編み出した元武士。

明石沖之助　……　金杉橋の袂にある明石屋の主人。岩蔵の倅。

第一章　父の海

一

どうやら梅雨は過ぎ去ったようだ。
両国の川開きによって、江戸はすっかり夏の気配となっていた。
赤坂丹後坂《あかさかたんご》にある武芸帖編纂所にとっては、二度目の夏であった。
「この暑い時を乗り越えると、秋には武芸の上達が待っている」
若き頭取・新宮鷹之介《しんぐうたかのすけ》は、それを口癖に、日々武芸場に出て鍛練に余念がない。
三百俵取りの旗本で、出世の道に通ずる小姓組番衆《こしょうぐみばんしゅう》を務めていた鷹之介であった。

それが、俄《にわか》に設けられた武芸帖編纂所への役替えとなって一年が過ぎた。

拝命した時は、

「閑職に追いやられたか……」

と、大いに嘆いたものだ。

屋敷の隣地に、役所を建ててもらったものの、吏員《りいん》として公儀から付けられる与力・同心もなく、酒飲みで捉《とら》えどころのない浪人剣客・水軒三右衛門《すいけんさんえもん》をのみ、臨時雇いの編纂方として与えられたのである。

若く希望に燃えていた鷹之介が失望するのも無理はなかった。

小さいながらも役所を任され、月々の用度《ようど》、手当などもそれなりに支給されるとはいえ、これでは実質日々屋敷に籠《こも》っているのも同じである。

江戸城に参上してこその幕臣なのだから、もう出世の道も断たれたと思った。

しかし、日の本の武芸を把握し、滅びゆく流儀があるなら、これを調べ公儀の武芸帖に記録を留めるという仕事は、続けてみると存外におもしろかった。

そもそもが、鏡心明智流《きょうしんめいちりゅう》・桃井春蔵《もものいしゅんぞう》が開く士学館《しがくかん》で、抜群の剣才を認められ、

「そなたがこの先、ただひたすらに武芸を追い求めたならば、古今稀《まれ》に見る名人に

なろうものを」

と、師に言わしめた鷹之介のことだ。武芸への探究心は人一倍持ち合せている。

城勤めから解放され、武芸に打ち込める境遇が、次第にありがたくなってきた。

編纂方の水軒三右衛門は、世に埋《うも》れた武芸者であるが、その武術には目を見張るものがあった。

さらに、三右衛門の薦めで編纂方として招いた円明《えんめい》流の遣い手・松岡大八《まつおかだいはち》も、三右衛門に負けず劣らずの腕を持ち合せていて、諸国を巡った経験からくる知識には学ぶべきところが多い。

武芸帖の編纂を進める上で、女芸者ながら手裏剣の名手・春太郎《はるたろう》こと富澤春《とみざわはる》、鎖《くさり》鎌《がま》の名手・小松杉蔵《こまつすぎぞう》らと出会い、その後も交遊が続き、それが新宮鷹之介の武芸者としての意識と質をさらに高めていた。

また、旗本・新宮家も大いに活気づいていた。

武芸帖編纂所には、三右衛門、大八が編纂方としているだけで、臨時の居候《いそうろう》的な立場で、浪人戯作者《げさくしゃ》・中田軍幹《なかたぐんかん》こと、中田郡兵衛《ぐんべえ》が文書管理と編纂を手伝っている状態である。

ゆえに下回りのことを務める者がおらず、それらの雑事はすべて新宮家の家士、奉公人がしなければならない。

これには多少の手当がつくし、屋敷以外の務めをこなすと、物珍しい景色が目に入り、彼らにとってはなかなかに刺激があるからだ。

鷹之介が出世街道から外れたと嘆いていただけに、何とか心やさしき若殿を守《も》り立てようと、高宮松之丞《たかみやまつのじょう》以下大いに張り切っているのである。

過日は、将軍・家斉《いえなり》直々に呼び出されて、別式女《べつしきめ》を見つけるよう命じられ、その役儀《やくぎ》も無事に果した。

家斉は、自分を閑職に回したのではなく、家斉自身が持つ武芸への興味を、鷹之介によって充《み》たさんとしている風情が窺《うかが》えた。

今や鷹之介は、武芸帖編纂所頭取という地位に、ひとかけらの屈辱や迷いもなくなっていた。

——まず、頭取に相応《ふさわ》しいだけの武芸を身につけねばなるまい。

方々から届けられる武芸帖に目を通さねばならぬが、それもさほどの量でない。

暇を見つけては、編纂所の武芸場に出て三右衛門と大八を相手に厳しい稽古をしているというわけだ。

しかし、夏の到来と共に気合が充実してくる鷹之介に反して、三右衛門と大八は暑い季節にいささかうんざりとしていた。

夏を乗り切ってしまえば、己が技量が上達するのは、鷹之介のような若者で、齢《よわい》四十半ばに達する二人には、ただただ気力体力を吸い取られてしまう〝魔の刻〟なのだ。

「頭取の意気込みは大したものでござるが、我ら老いぼれは、頭取と同じようにはいきませぬ」

「なかなかお相手するのも、辛うござりましてな」

二人は口々に、そんな弱音を吐いていた。

考えてみれば、親子ほども年が違うのだ。

——あまり稽古に付合わさず、労《いたわ》らねばならぬものか。

三右衛門と大八が凄腕だけに、つい子供が親にせがむように、稽古相手になってもらっていたのを鷹之介は恥じた。

二人はあくまでも武芸帖の編纂が職務なのである。自分専用の稽古相手ではないのだ。

とはいえ、何故だか夏は若い者の心を騒がせる。

このところは、これといった武芸発掘もなく、鷹之介はいささか物足りなさを覚えていた。

手裏剣術、鎖鎌術、薙刀術《なぎなた》に目を向け、それにまつわる騒動を収めてきただけに、新たなる武芸発掘の必要があった。

このような時は、支配である若年寄《わかどしより》・京極周防守《きょうごくすおうのかみ》に助言を求めるに限る。

あれこれと報告をせねばならぬ義務もある。

早速伺いを立てて、六月に入ったばかりの暑い日に、鷹之介は若党・原口鉄太郎《はらぐちてつたろう》、中間《ちゅうげん》の平助《へいすけ》を従えて、赤坂御門から永田《ながた》馬場へと出て、京極家屋敷に出向いたのである。

二

「ふふふ、参ったか」

周防守は、にこやかに鷹之介を迎えてくれた。

昨年、武芸帖編纂所頭取に就任して以来、鷹之介は随分とおもしろく興《きょう》をそそられる報告を、周防守にもたらしていた。

「鷹めがまた暴れよったか。これはまたおもしろいことじゃ」

将軍・家斉は、鷹之介の話を聞くと、いくら機嫌が悪くとも、身を乗り出して顔を綻《ほころ》ばせる。

顔色を窺わねばならぬ時、周防守にとっては鷹之介の話題が真にありがたい隠し玉となっていた。

それゆえ、周防守もまた鷹之介のおとないを心待ちにしているのである。

「近頃は何か目に付いた武芸はあったか。ふふふ、まず、そうごろごろと転がっているわけでもあるまいがのう」

「はい。一通り武芸帖には目を通し、確《しか》と進めておりまするが、さて次は何から手を付ければよいかと、思案しているところにござりまする」

「さもあろうのう」

周防守は穏やかに頷くと、少し書院の庭に目をやって、

「今日も強い日射しが差し込んできよるわ。こう暑いと武芸どころではないのう」

水軒三右衛門と松岡大八が、このところ口にするのと同じ言葉を溜息交じりに言った。

周防守は齢六十を過ぎている。やはり歳と共に夏の暑さは身に応えるらしい。

しかし、話を額面通りに受け取ると、そこから思いもかけぬことを持ち出してくるのが、この老人の油断ならぬところである。

「どうじゃな。涼を求めて、水術《すいじゅつ》などに目を向けてみては」

やはり話は繋《つな》がっていた。

「水術でござりまするか……」

「これればかりは、この時分に当らぬと、なかなか調べる機会もないゆえに、よいと思うがのう」

「ははッ。ならばまず、当ってみようと存じまする……」

鷹之介は、畏《かしこ》まって京極邸を辞した。

そして、赤坂丹後坂に帰る道中。

——次は何から手を付ければよいかと思案しているなどと、余計なことを言うてしもうた。

鷹之介は後悔していた。

こちらから伺いを立てて、返ってきた応《こた》えであれば、まず水術について調べを進めねばなるまい。

しかし、武芸十八般の内に数えられるものの、水術の武芸帖への追加には、

「今さらながら……」

の感がある。

編纂所に持ち帰り、水軒三右衛門、松岡大八に諮《はか》ってみると、

「水術でござるか。確かに今時分には涼しげでようござるが、これはいささか難しゅうござるな」

大八が唸った。

「某《それがし》も方々旅に出てござれど、そういえば、水術の達人に出会うたことはござりませなんだ……」

と、首を捻った。

三右衛門が、編纂方として鷹之介の許へ来た時に持参した書付《かきつけ》がある。

それには、彼が思いつくがままに記した、滅びかけている武芸流派が連なっているのだが、そこにも水術についての記述は見当たらなかったように思える。といっても、水術が珍しいものであったり、すたれているものではない。甲冑《かっちゅう》を身に着けた状態で水に浮んだり、海、川での争闘に備えた武術。または、立泳ぎしながら鉄砲を撃つ。はたまた操船法に至るまで、水術の応用範囲は広い。流派も、小堀《こぼり》踏水術、神伝《しんでん》流、神統《しんとう》流、岩倉《いわくら》流、向井《むかい》流水法など、数えあげると次々に浮かんでくる。

しかしこれらは、戦国の世にあって、水軍を擁《よう》し活躍した大名家などが、御家の秘伝として家中の士に習わせているものが多い。

それゆえ、武芸帖編纂所として、各大名家に提出を求めた武芸帖には、通り一遍のことしか記述されておらず、そこから何かを探るのは困難であった。

調査をするとなれば、四国、九州、紀州など、海と縁の深い大名家の所領《しょりょう》にまで赴《おもむ》かねばならないのだ。

本来、滅びゆく流派を武芸帖に書き留めておくのが役儀である武芸帖編纂所がするべきことでもない。

江戸においては、御船手頭《おふなてがしら》を代々務めている向井将監《むかいしょうげん》縁の泳法が有名で、三右衛門、大八も、この向井流水法を修《おさ》めていた。

といっても、若い頃に二、三度〝見取り稽古〟をしただけで、二人共に廻国《かいこく》修行中の海や川で、自ら水中に入って泳ぎを試してみたに過ぎないと言う。

武士のたしなみではあるが、日々の勤めに追われると、なかなか稽古が出来るものではなく、

「我こそは水術の師範なり」

と、水術一筋に生きる武芸者などありはすまい。

いたとしても、御船手の士など専従者に限られてくるから、武芸帖編纂所が調査するまでもないのだ。

「御支配の周防守様も、この暑さゆえに、思いついたがままに申されたことであろう。まず古文書などを当り、どこかに水術について研鑽《けんさん》なされている御仁《ごじん》が見つかれば、話など聞いて、こちらで書き留めておく、まずそのようなところだな」

鷹之介は、話を締め括った。

「さりながら、御支配が水術を持ち出されたのは、ちと気になりまするな」

すると、今まで言葉少なに相槌《あいづち》を打っていた三右衛門が不意に言った。

「気になる……？」

「いかにも、京極周防守様は、なかなかに思慮《しりよ》深く、世に長《た》けた御方と聞き及んでおりまする。我らに水術を勧めたとて、このような仕儀《しぎ》になるのはわかりきったことではござらぬかな」

それは三右衛門の言う通りであった。

周防守ほどの要人である。思いつきで言うにしても、水術を持ち出すのはどうもおかしい。

「これは、暗に我らに水術を鍛え直し、いざという時に備えておけと、申されているのでは……？」

「我らに水術を鍛え直しておくように？　ははは、三殿、それはちと考え過ぎではないのかのう」

鷹之介は一笑に付した。

幕府には、いざという時のために船手組がいる。

水術に関しては精鋭揃いで、船も戦術も有する一団を抱えながら、小役人である武芸帖編纂所の面々に何を求めるというのであろう。

だが、三右衛門にも、それくらいの理屈はわかっている。

「上様が何ぞまた、おもしろがられておいでなのかもしれませぬぞ」

「なるほど、それもありうるな」

大八が神妙に頷《うなず》いた。

先だって将軍・家斉は、鷹之介に薙刀《なぎなた》の名手を捜し出し、別式女《べつしきめ》として連れて参れと命じた。

そして、市井《しせい》に埋れてしまっている、改易《かいえき》となった大名、藤浪《ふじなみ》家の姫・鈴《すず》を、鷹之介が見つけ出すように仕向け、彼女の固く閉ざされた心を鷹之介に開かせようとした。

家斉という将軍は、一旦おもしろがると、しばらくその悪戯《いたずら》心は収まらず、すぐにまた何かをしたくなるという稚気《ちき》がある。

三右衛門は、かつて剣の師である将軍家剣術指南役・柳生《やぎゅう》但馬守俊則《たじまのかみとしのり》に近侍《きんじ》したことがあったから、そういう内情には明るい。

京極周防守には予《あらかじ》め内意を伝え、鷹之介に新たなる試練を課さんと企んでいたとておかしくはないのだ。

「なるほど、三殿の申されることも頭の隅に置いておかねばなるまいな」

鷹之介は頷きつつ、

「とはいえ、あまり憶測で動かぬ方がよかろう。まずは手分けして、水術に詳しい御仁を捜してみようではないか」

と、窘《たしな》めるように言った。

「頭取がそのように仰せならば、是非《ぜひ》もござらぬ。さりながら、この暑い時に水術を今一度鍛え直しておくのもよいと思うたのでござるが……。もしや頭取は、水がお嫌いなのかな」

三右衛門は残念そうに応えた。

「ははは、水が嫌いというわけでもないが、我らが水術に励むというのも、何やら遊んでいるようで気が引けてな……」

鷹之介はにこやかに言ったが、どこかその表情はぎこちなかった。

同席していた高宮松之丞は、終始無言で三人の様子を眺めていたが、彼の表情もまた固かったのである。

三

翌日から、新宮鷹之介は、

「今日から早速、水術の達人がおらぬか捜しに出てみよう」

と、水軒三右衛門と松岡大八に告げ、自らは微行《びこう》姿で供も連れず外出をした。

「頭取は心当りなどおありなので？」

三右衛門と大八は、不思議そうな顔をしたものだが、

「いや、これといってないが、かつての剣友など、あれこれ人に会えば、何か手がかりが摑《つか》めるやもしれぬ……」

鷹之介は、連日勇んで調査に励んだのであった。

「頭取にあのように張り切られては、我らもじっとはしておられぬな」

暑い時分だけに大八は渋い表情を浮かべたし、

「と申して、心当りも浮かばぬまま、闇雲に外出をしたとて仕方があるまい」

三右衛門も困惑の色を隠せなかった。

その気配を読んで、高宮松之丞は、

「お若いゆえ、じっとしていられぬのでござりましょう。御両所は殿に気遣われずに、思うにまかせてくだされば、ようござりまするよ」

と、こともなげに言って気遣ったのだが、その一方で鷹之介には、

「くれぐれも御無理をなさらぬように願いまする」

少しばかり、懇願するような目を向けていた。

「ははは、爺ィ、どのような無理をすることがあると言うのだ」

鷹之介は笑いとばしたが、外出の度《たび》に黒々と日焼けをする若殿の姿をまのあたりにすると松之丞は気が気でなかった。

「年若の自分は日々鍛えねばならぬゆえ、夏の暑い日にはじっとしていられないのだ」

などと口では言っているが、鷹之介の外出の狙いは他にあると松之丞は読んでいた。

実は、新宮鷹之介、泳ぎが出来ないのである――。

子供の頃。

鷹之介もまた世間の武士と同じように、水術の稽古に励んだことがあった。

といっても、これればかりは屋敷に設えた武芸場で出来るものではない。

父・孫右衛門《まごえもん》に連れられて、芝浜《しばはま》などで水遊びから始め、泳ぎを体得するようにと教えられた。

初めのうちは、海が珍しく、夏場などは水遊びも心地よく、子供らしくはしゃいでいた鷹之介であった。

しかし、泳ぐ段となると、なかなか上手に体を浮かすことが出来なかった。

幼い頃から武芸には抜群の才を見せていたから、父・孫右衛門には息子の稽古ぶりが気に入らない。

孫右衛門は、小姓組番衆を務めていて、その忠勤ぶりは人に賛《たた》えられていたのだが、とにかく頑強な男であった。

務め柄、そうそう息子を海にも連れていってはやれない。

それならば、誰か水術の達者に預けて仕込んでもらおうかと思ったが、

「預けるにしたとて、今の鷹之介を見られるのは恥ずかしい」

世間での息子の評判が好いだけに、

「あの孫右衛門の倅《せがれ》も、泳ぎだけは下手なようじゃのう」

などと笑われるのは傍《かたわ》ら痛い。

次第に業《ごう》を煮やし、水練の相手をしていた高宮松之丞を、

「そちが甘やかすゆえこうなる」

と叱りつけ、釣船を用意させると、これに鷹之介を乗せて、沖まで出てから息子を海に放り込んだ。

鷹之介は、まだ十歳であったが、その時のことは鮮明に覚えている。

急なことに慌《あわ》てて、思わず水を呑み込んでしまったのがいけなかった。

すっかりと気が動転してしまって、ただひたすらに手足をばたばたとさせ、どんどんと海中に沈んでいったのだ。

息が苦しくなり、何とかして水面に出ようと上を見たが、陽光にきらめく水面ははるか遠くにあるように見えた。

咄嗟《とっさ》に、浮かねばならぬと足で水を蹴ったが、どうしようもなかった。

やがて、水中に父の姿を見た時、ふっと気が遠くなり、再び正気に戻ったのは釣船の上であった。

厳格な父も、この時ばかりはうろたえたと見えて、何とも言い難い、困った表情を鷹之介に向けていた。

そして、息子の命に別条がないとわかるや、怒ったように、

「口ほどにもない奴めが……」

ぽつりと言うと、その日は水練をやめて屋敷に帰ったのである。

孫右衛門は屋敷に戻ってからも押し黙っていたが、母の喜美《よしみ》は夫の様子と、泣きたい気持ちをぐっと堪《こら》えていた鷹之介の様子を見て、

——これは何かあったに違いない。

と察した。

日頃は控えめで、夫に口ごたえすることなどまずない、武家の妻の手本のような喜美であったが、堪《こら》え切れずにその日の稽古の様子を問い質《ただ》した。

孫右衛門は、

「余計な口を挟むではない」

と、妻を叱りつけたものの、一人息子を殺しかけたことが、ずっと胸を締めつけていたのであろう。

「埒《らち》が明かぬゆえ、今日は船で沖へ出て、鷹之介をそこで泳がせてみたのじゃが、やはり泳げなんだわ」

やがて少し詫《わ》びるように言ったものだ。

泳がせてみたのではない、海へ投げ入れたのだ——。

子供心に、この親父は都合の好いことを言うと、鷹之介は目を見開いた。

喜美はその表情を見逃さなかった。

海での出来事のすべてを察して、

「貴方様は、何ということをなさるのです……」

激しい口調で、孫右衛門を詰《なじ》った。

「鷹之介は、武芸一般に勝《すぐ》れているとは申せ、中には勝手が違うものとてござりましょう。不得手なものとてござりましょう。それが人ではござりますまいか。ましてや、まだ幼いこの子を沖で泳がせるとは何ごとにござりまする……」

こういう時の喜美の迫力は凄まじい。手討ちにあわんとて、息子の命を守り通さんとする気合に充《み》ちていた。

「貴方様は、生きるか死ぬかの境に立たされれば、人は思わぬ力を出すとお思いなのでしょうが、相手は海でござりまする。手加減はしてくれませぬ」

矢継ぎ早に言われて、孫右衛門は返す言葉もなかった。

「もうよい、わかった……」

やがて孫右衛門は、苦い表情で立ち上がると、

「稽古には、危ないことが付きものじゃ。おれがついていて、こうして鷹之介は無事に帰ってきたのじゃ。それでよかろう……」

仏頂面《ぶっちょうづら》でそのように言い置いて武芸場に籠ってしまった。

孫右衛門も懲《こ》りたのであろう。それからは、水術については高宮松之丞に任せてしまって、鷹之介を海に連れていくことはなくなった。

そして、松之丞に水術の成果を確かめることもなかった。

思えば鷹之介はまだ子供で、海や川の中で戦わねばならぬ局面もあるまい。

ある程度大人になった時、自分なりに工夫して、自《おの》ずと泳げるようになるであろう。

そのように考え直したようだ。

だが、鷹之介は二十六になる今日まで、未だ泳げずにいたのである。

松之丞は、海には時折鷹之介を連れていったが、喜美の手前もあり、水遊びをする程度にすませていた。

鷹之介自身はというと、溺れかけた時の恐怖が心と体に沁《し》みついてしまって、決して海に入ろうとしなかった。

時には傅役《もり》として、若殿に対して厳しい態度を見せた松之丞も、これについては一切苦言を呈さなかった。

何といっても鷹之介は剣術道場においては光り輝いていたし、忌《いまわ》しい海中に無理に入る必要もないと思えた。

鷹之介が溺れそうになった時、松之丞はその現場にいた。

鷹之介が足をばたつかせたのを見て、すぐに飛び込もうとしたが、

「松之丞、手出しをするでない！」

孫右衛門に一喝《いっかつ》されて助けに行けなかった。

だが、松之丞が手をこまねいている間に、鷹之介は死にそうになっていたのだ。

結局、孫右衛門が飛び込んで鷹之介を海中から引っ張りあげたのでこと無きを得たが、主に逆ってでも海に飛び込み、少しでも早く鷹之介を救出するべきではな

ない。


かったかと、悔恨が残った。

それが、松之丞の海に対する想いを一変させたのであった。

やがて孫右衛門は、不慮《ふりょ》の死を遂げた。将軍・家斉に供奉《ぐぶ》し、警固《けいご》の最中に曲者《くせもの》を見つけ、これと斬り結んだ末に倒れたのではないかと言われているが、定かではない。

倒れているところを見つけられ、

「上様に面目が……」

ただその一言を遺し力尽きたのである。

鷹之介はいつか父の仇《かたき》を見つけて討ち倒してやろうと剣術の稽古に励んだ。

孫右衛門の死を想うと、当然のことであった。水術などに時を費している場合ではなかったのである。

喜美も松之丞も、鷹之介の意思を尊重して、最早《もはや》水術の体得など
「大人になれば、自分で思うように学べば好い」

とばかりに、一切口を挟まなかった。

そうして元服《げんぷく》し、家督《かとく》を継ぎ、出仕して今に至るが、鷹之介は水術の稽古を、

まってしまったのである。


「そのうちに……」

と、恐怖に負けて、後回しにしてきた。

そして、武芸の中でも大事である水術を、まったく体得せぬまま今日まできてしまったのである。

四

新宮鷹之介は、連日水術の達人捜しと称して外出を続けたが、行き先は芝の海岸であった。

「まさか、武芸帖編纂所頭取であるこの身が、泳げないではすまされぬ……」

水術の編纂よりも、まずしなければならなかったのは、自分自身の水術の稽古であったのだ。

後回しにしてきた水術が、ここへきて大きな心の負担となっていた。

正直に、かなづちであると伝え、水軒三右衛門にでも、松岡大八にでも付いてきてもらって教わればよいのであろうが、

——おれにも面目がある。そんなことはとても言えぬ。

鷹之介は、純真で飾りけのない男であるが、この件については、恥ずかしくておいそれと口に出来なかった。

父の跡を継ぎ、小姓組番衆として出仕が決まった頃。

鷹之介は、この機に泳ぎを覚えようと心に誓い、鉄炮洲《てつぽうず》の北にある御船手屋敷の一隅に、船手組の水術の稽古場があると聞き、支配を通じて教授願おうとしたことがあった。

しかし、その決心も過去の水への恐怖によって、たちまちもろく崩れ落ち、

——まず、様子を見てみよう。

と、泳げぬことを隠し、見学に出向くに止まった。

ちょうどその折、海岸の一隅に設けられた水練場には、泳ぎが不得手な士が数人いて、今にも溺れそうになりながら、指南役の稽古を受けていた。

しっかりとした水術の達者が付いているのだから、溺れる心配はない。

しかし、水術が不得手な者の泳ぎは、見ておられぬほど間抜けに見えた。

水面から顔を出して息を継ぐ時の苦しそうな顔は、それが甚《はなはだ》しい。

日頃は律々《りり》しい侍も、水の中では途端に愚鈍《ぐどん》なのろまに見えてしまう。水に対する恐怖が依然残る身が、ここで稽古をするのだから、自分も何度も溺れそうになるのであろう。

あのような姿を人前にさらすのかと思うと、鷹之介は情けなくなってきた。

そして結局、鷹之介は怖気《おじけ》づいて稽古に通うのを止めてしまった。

見栄《みえ》ばかり張っていても仕方がない。それはとても醜く恥ずかしいことだと思いながらも、あの日の恐怖が蘇り、何も出来なくなるのである。

幸いにも、小姓組番衆として出仕してからは、泳ぎが出来ずとも何の不自由もなく、人に後れをとることもなかった。

非番がないわけでもないのだが、その日をわざわざ水術の稽古に充《あ》てるつもりにもなれなかった。

——何たる怠慢か。

鷹之介は、将軍を護る身でありながら泳げなかった事実が、今になって何ともおぞましく不敬であったと思い知った。

武芸帖編纂所頭取を拝命したのは、新宮鷹之介ならば一通り武芸を身につけていると、認識されたからであろう。

――これは上様を欺《あざむ》いたも同じだ。

この度、水術を編纂するに当たって、せめて人並に泳げるようになっておかねばなるまい。

水術の達人に巡り合えたなら、その時は辞を低くして教えを乞おう。

鷹之介は決意したのであるが、今の彼は教えを乞う以前の状態であった。

水術の師範の前で溺れるようなことにでもなれば、公儀武芸帖編纂所の名に傷が付く。

せめて水への恐怖を心身から取り除き、軽く立泳ぎくらい出来るようにしておかねば、無礼になろう。

――まず、人知れず水に慣れる鍛練をしよう。

鷹之介が連日芝の海岸に通っているのはそのためであった。

実は以前から目を付けていたところがあった。

浜沿いを南へ、鹿島明神社から島津《しまづ》家の蔵屋敷を越えて少し行ったところに、海に出張った岸がある。

周囲は松林で、海に面した狭い砂浜へは、低い崖で繋がっている。

ここなら人も来るまい。また芝田町の通りからも見えぬところだから、一人の稽古にはちょうどよい。

時に微行で屋敷を出てここへ来よう。そのように思っていたのだが、今頃になってしまった。

鷹之介の見立ては正しかった。

松林を抜けて浜辺に下りてみると、岩と木に視界が遮られたその一画は、どこからも見えず、逸《はや》る心を和《なご》ませてくれた。

――あの時は、まだほんの子供であったから、心にゆとりがなかったのだ。あらゆる武芸を修めた今の自分なら、存外に泳ぎなど難しくもなかろう。

鷹之介は己にそう言い聞かせて、初日はまず下帯と肌襦袢《はだじゅばん》姿となり、腰の大小、着物などは岩陰に隠し、水に体を浸けてみた。

下帯ひとつになりたいところであったが、泳ぎの稽古に来ているのは内緒にしているので、着物の衿型に日焼けをしておく必要があった。

海水の冷やりとした感触。独特の塩辛さ。波の音――。

鷹之介の脳裏に、子供の頃に父と来た海の風景が広がった。

初めて連れてこられた時は、鷹之介も随分とはしゃいでいた。

厳格な父も、どこか楽しそうであった。

初めて水に入った時は暑い日で、水の冷たさが心地よく、恐怖などまったく覚えなかった。

あの時と同じ気持ちで、鷹之介はまず水浴を楽しもうとした。

波は穏やかで、浅瀬に屈《かが》むようにしていると、実に心地がよかった。水がピチャピチャと跳ねる音も耳触りがよい。

足は水底についているが、寄せくる波に体はゆらゆらと揺れる。

——うむ、悪くはない。

決して水は恐いものではない。溺れた折にもがき苦しんだのは幻影であったのだ。

そのように思い込もうとした。

好い感触だけを心身に残し、初日は半刻《はんとき》（一時間）ばかり水浴をして浜辺を出た。

すると、屋敷へ戻ってからは心が浮き立ってきた。

——何ゆえに、もっと早くあの浜辺に行かなんだのか。

編纂所に入ると、

「いやいや、なかなか水術について高い見識を持っている御仁は見つからぬ……」

などと、大いに溜息をついてみせたが、そこは隠しごとの出来ぬ鷹之介である。

「頭取は何やら楽しそうではないか」

「水術には興《きょう》をそそられぬかと思うていたが、そうでもないような」

三右衛門と大八は、訝《いぶか》しんでいた。

とはいえ、この二人も水術の師範にこれといって心当りが浮かんでこないので、頭取が上機嫌でいるのならばそれでよしと、己々がのんびりとして、夏の涼を求めていた。

鷹之介は、その間隙《かんげき》を縫って件の浜辺に出かけた。

水浴を楽しみ、体を水に慣らすと、次に水に顔を浸けてみた。

海中に呑み込まれる心地がしたが、慌てず息を止めて、また顔を上げるのを繰り返すと、これにも慣れてきた。

夏の剣術稽古が終ると、よく井戸端で頭から水をかぶったものだ。

——水など何も恐くはない。風呂にも入っているではないか。

とにかく序々に海という猛獣を手なずけようと、二日目はそれで終えて、三日目には体を水に浮かせてみた。

足の着くところで試してみたので、これも恐くはなかった。

水に体が浮くと楽しかった。もうすぐに泳げるのではないかと思えてきた。

息を継ぐために顔を上げる時も、今にも死にそうな間抜け面にならぬようにと気を付けてみた。

水術の武芸帖は幾つも読んでいる。

立泳ぎや抜き手などの理屈はわかっているので、あれこれ試してみた。

すると、僅かながら海中で動くことが出来た。これは既に、泳げたといってよいのではないだろうか。

あらゆる武芸を体得してきたのだ。身のこなしには自信がある。余の者より何ごともよく出来るはずだ。

この日も手応えのみを心身に植えつけて浜辺を出て、四日目を迎えた。

少しばかり風の強い日であったが、何ごとにも一旦力を入れると、すぐに夢中になるのが鷹之介の身上《しんじょう》である。

もう海はおれのものだと勇んで出かけ、いよいよ長年の課題に対して勝負をかけたのである。

五

――今日こそは泳いでやる。

ただの四日で水への恐怖を克服し、泳げるまでになろうとは、いささか思い上がったことかもしれないが、

――おれは今まで、どのような武芸も、二日でこつを掴み、四日でものにしてきた。水術とてできぬはずはない。

新宮鷹之介は、意気込んでいた。

事実、頭の中に渦まいていた水術への嫌悪が、暑さのせいもあり、楽しいものに変わっていた。

自分の中では、もう下地は出来ている。

後は度胸一番水に潜り、浮かび、我流ながらも己が泳ぎを作るだけである。

そこまで出来れば、

「某《それがし》は、水術の方はからきし駄目でございまして……」

などと頭を掻きつつ、水術の達人に指南を乞うことも叶うのだ。

昨日よりも風は強く、その分波も高かったが、恐れるほどでもない。

相変わらず日差しは厳しい。

「いや、海辺を訪ね歩くと、潮風に当るからか、日に焼けてならぬ」

などとごまかしているが、色白の鷹之介の顔、手足、首の周りは既に赤銅《しやくどう》色と変じていた。

それがまた、鷹之介の自信を高めた。

「いざ、参る……！」

この若者は、何をしても生真面目で真っ直ぐだ。

誰もいない秘密の浜辺で、彼は低い声で気合を入れると、ざんぶと海に浸った。

その様子は真に頬笑《ほほえ》ましく、見物人がいないのが惜しいくらいである。

鷹之介の体は、ぷかりと海水に浮いた。

見事に引き締まった肉体が、陽光に煌《きら》めく波間に見え隠れする。

そして遂に鷹之介は、抜き手をきって泳ぎ始めた。

泳法は机上での学習でしかなかったが、頭で得た知識を体に伝える術に彼はすぐれていた。

――よし！

手応えは十分であった。

彼の体はすいすいと、海の上を滑るように進んでいた。

――おれは泳げる。泳げるではないか！

今までくよくよと思い悩み、海や川に近寄らなかったのは何ゆえであろう。

十歳の時の恐怖が心の内に残っていたとて、それから十六年をかけて鍛えてきた体は、そんなものをとっくに撥《は》ねつけていたのである。

――いやいや、慢心は禁物だ。

泳げるようになったとはいえ海は魔界だ。

今は足が水底に着くところでのみ泳ぎ、すぐに足を着けて、次の泳ぎに備えることにした。

とにかく回数をこなすことである。

何度も繰り返すうちにこつを摑めるはずである。

そしてある程度まで泳ぐことが出来れば、そこからは誰か泳ぎの上手な者に教えてもらおう。

――そうだ、欲張ることはないのだ。

鷹之介は用心を重ねて、最低限の泳ぎを身につけようとした。

だが、この用心が皮肉にも鷹之介に妙な安心を与えてしまった。

足が着く海底も、波に揺られているうち、気が付けばまったく違う場所になっている時もある。

いくら用心していても、突如打ち寄せる波の勢いは予想し難い。

またひと泳ぎせんとして水中に身を浮かべた時、鷹之介は大きな波に呑み込まれた。

――しまった！

次の瞬間、彼の周囲には違う風景が広がっていた。

一旦仕切り直そうとしたものの、そこはもう足が着かぬ深みとなっていた。

伸ばした足が空振りした途端、鷹之介は水中に沈んだ。そしてその拍子に水を呑んでしまった。

あの日と同じであった。

水を呑んだことで息苦しくなり、その衝撃が鷹之介の冷静さを奪う。

水の中で焦りだすと、手足が思うように動かなくなる。

すると、鷹之介に、あの日の恐怖が蘇った。

それは何よりも彼が恐れていたことであった。

鍛えあげた体も、心の乱れを抑え、修正するまでには至らなかった。

鷹之介は、未だ心の内に眠るあの恐怖を取り除けてはいなかったのだ。

――これまでの怠慢がいけなかったのだ。

もがきながら、鷹之介の頭の中には悔恨ばかりが浮かんできた。

自分は、とどのつまり海への恐怖に打ち勝てなかったのだ。

――いや、こうして海へ通い来て、今おれは打ち勝とうとしているではないか。

こういう弱気がいけないのだと、鷹之介は少しこつを覚えた立泳ぎで、何とか水面から顔を出して息を継いだ。

しかし、その途端また大きな波が打ち寄せてきて、鷹之介を水中に引っ張り込んだ。

何とかして水面に出ようと上を見ると、陽光にきらめく水面ははるか遠くにあるように見える。

これもまた、まったくあの日と同じであった。

だが、かつて自分を救ってくれた父はここにいない。

──ふッ、おれの骸《むくろ》が浜に打ち上がれば、皆、何を思うであろう。いや、松之丞が何もかも察するであろうよ。

命の危険にさらされつつ、そんな自虐《じぎやく》が頭を過《よぎ》った時。

鷹之介の体は急に軽くなり、水面に浮かんでいった。

何者かが鷹之介を水中で捉え、導いたのである。

──父上の幻か。

死に臨んで孫右衛門の幻影を見たと思ったが、彼を導く者は小柄でしなやかな体付きをしている、まさしく人であった。

背後から抱えられるようにして浮かんでいったので、それが何者かわからなかったし、無我夢中で話しかける余裕すらなかったのである。

救いの神は、子供のような声で何か話しかけてきたが、それも耳に入らず、助けを得てやっと足の着く浅瀬まで戻ると、鷹之介は力を振り絞って浜へと駆け戻り、崩れ落ちるように倒れた。

仰向けになると、陽光がやたら眩《まぶ》しかった。

子供の頃に溺れた時は、これが船の上であった。そんなことを思い出したのも、生きている証であろう。

「忝《かたじけな》い……」

鷹之介は天を見たまま、ひとまず礼を言った。

「泳ぎの稽古をしていたところ、波に足をさらわれてしもうてな。真に無様《ぶざま》だ……」

すると、鷹之介を見下ろす救いの神の姿が明らかとなり、彼は言葉を失った。

まだ十七、八の娘がそこに立っていた。

武士らしき男が、何ゆえ人気のない浜辺で溺れていたのかが、不思議なのであろう。きょとんと首を傾けている。

髪は白い布切れでひとつに括り、全身が日焼けで赤銅色に染まっていて、泳ぎの達者らしくよく引き締まっている。

何よりも鷹之介を当惑させたのは、彼女が腰に綿布を巻き付けただけの、半裸であったことだ。

──そうか、海女《あま》か。

この辺りには漁師がいて、胸乳《むなぢ》も露《あら》わにした海女が、海に潜り貝や海草を獲って暮らしていることくらいは知っていた。

しかし、極力海には近寄らないようにしていた鷹之介である。海女の姿を目で追うような気にはまったくならなかったし、どのような姿なのかにもまるで興がそそられなかった。

それゆえ、今その姿をまのあたりにすると、目のやり場に困った。

息も絶え絶えの状態で、裸の女に洒落《しゃれ》た言葉をかけられるほど、鷹之介は世馴れてはいないのだ。

まず目を瞑《つむ》って、

「そなたは、何か着る物を持っているか?」

と、問うた。

「着る物？　あるよ。ここまで裸で来たわけじゃあないからね」

海女の娘は応えた。若々しく、はきはきとした物言いには、多分に利かぬ気が含まれている。

「左様か。それならまずそれを着てはくれぬか。話はそれからだ……」

相変わらず目を瞑ったままで言葉を継ぐ鷹之介の様子を見て、

「ははは、そういうことかい。そんならちょいと待っておくれ」

娘はからからと笑った。

六

それから、磯着を羽織った娘は、岩陰に置いてあった鷹之介の衣服を運んでくれた上に、

「こいつで、口の中をゆすぎなよ」

竹の水筒を手渡してくれた。

鷹之介は、言われた通り口をゆすぎ、さらに一口飲んで体を落ち着かせると、

「すまぬ、何やら生き返った心地だ……」

そのように謝して、着物を身につけた。

考えてみれば、鷹之介自身が下帯に肌襦袢だけの裸に近い姿であった。

若い娘の前ではあるが、今は恥ずかしがっている場合でもないと、大人になって再び溺れかけた気まずさを振り払うように着物を身につけた。

磯着を羽織ったとはいえ、依然娘の胸許からは小ぶりの乳房が見え隠れする。まず己が服装を正して落ち着きたかったのだ。

その間は、娘も気を利かして水際に立ち、ぼうっと海を見ていた。

目を瞑って、自分に着物を身につけてくれと頼んだ若い男の純情を知り、娘は助けた甲斐《かい》もあったと、にこやかである。

袴《はかま》を身につけ、ぐっと紐を縛ると、鷹之介はやっと落ち着き、いつもの彼らしく四肢に力が漲《みなぎ》ってきた。

「これでよし。すまなんだな」

鷹之介は改まって声をかけた。

娘は、振り向いて鷹之介を見ると、

「これはとんだご無礼を……」

目を丸くして、ぺこりと頭を下げた。

裸に近い姿で溺れかけていた時と違い、すっかりと律々しい若侍に変わっていたので、面食らったようだ。

娘の変化に、鷹之介ははにかんだ。

溺れかけていた自分は、水面から顔を出して息を継いだ時、さぞかし間抜けな顔をしていたに違いない。

無様な姿をさらしているのである。武士の姿に戻ったとて、今さら恰好をつけても仕方がない。

「いや、改めて礼を申す。あれこれと理由《わけ》があってな。ここでのことは内緒にしておいてもらいたい」

鷹之介は素直に頭を下げて、

「お前の命の値段はそんなものか、と言われたら心苦しいのだが、今は持ち合せもあまりないゆえ、これで辛抱してくれ」

と、二分《ぶ》ばかりを財布から取り出して、娘の手に握らせた。

「いやいや、こんなにもらったらいけませんよ……」

娘はますます恐縮した。こういう立派な武士と接したことがなく、どのように話せばよいのか、わからなくなったようだ。

それでも決して卑屈《ひくつ》な様子はなく、しっかりとした口調で話す娘に、鷹之介は好感を抱いた。

自分の技と力で暮らしている海女の矜持《きょうじ》が窺い見られて清々《すがすが》しかった。

「よいのだ。取っておいてくれ」

「もらいすぎですよう」

娘は困った顔をした。

そういえば以前、世の中には海女に惹《ひ》かれる好き者がいて、何かというと浜に出かけ金にあかして口説くと聞いたことがある。

もしや、自分もその類と思われては業腹《ごうはら》だ。

「申しておくが、他意はないのだ」

「鯛《たい》？　ここじゃあ獲れませんねえ」

「うむ？　いや、その魚の鯛ではないのだ。鯛や平目《ひらめ》ということではのうて、その、だ。

鷹之介はしどろもどろになった。こういう話がまったく苦手なのは、相変わらず舌平目、いや、下心があっての金ではないということだ」

「ああ、そういうことか……。ははは、そんな風には思っちゃあおりませんよ」

すると娘は、腹を抱えて笑いだした。娘にも鷹之介が伝えんとする意味合いがわかったようだ。

「お武家様は、好い人ですねえ。それがよくわかりましたから、気を回さないでくださいまし」

「うむ、そうだな。そうであったな……」

べたついた色気がない娘を見ていると、鷹之介もまたおかしみが込み上げてきた。いったい何の話をしているのだと思えてきたが、娘がもらい過ぎだと言うのなら、何か考えないといけない。

「よし！　ならば、明日はもう二分を渡すゆえ、おれに泳ぎを教えてくれぬか」

そして鷹之介はそのように切り出した。

この娘の泳ぎの巧みさは、助けられたゆえによくわかる。大の男を海中から苦もなく引き上げたのだ。これは大したものではないか。

その上に、もう娘には己が無様な姿を見られている。それならば、新たに誰かに教わるより気が楽である。

若い娘に教授を請《こ》うなど、武士としての面目《めんもく》が立たぬというところだが、よく考えてみれば相手は海女である。その辺りにいる水術の達者よりも、よほど泳ぎに通じているはずだ。

何よりも今は、ひと通り泳げるようになるのが先決なのだ。

互いに裸に近い姿で接しないといけないが、娘の体は少年のように引き締まっていて、胸の隆起も小さく、妖艶《ようえん》さなど感じられぬ。水術の稽古をするにあたって、まさかおかしな気にもなるまい。

「泳ぎを教える？　そんなことして、銭などもらったことはないですよう」

「今までなくとも、明日からはあるのだ。これは、貝や若布《わかめ》を獲るのと同じ、そなたにとっては仕事だと思うがよい」

「まあ、お武家様は泳げないようだからねえ……」

「いかにも。それゆえそっと稽古をしていたのだが、やはり人に教わらぬとどうしようもないとわかったのだ」

「そういうことならわかりましたよ」

「教えてくれるか？」

「はい……」

「ゆえあって、姓名の儀は控えさせてもらいたい」

「姓名の儀？」

「名乗りはできぬということだ」

「そんなら、何と呼べば……？」

「たかでよい。空飛ぶ鷹だ」

「それで海に縁はないんだ……」

「そういうことだな」

「そんなら鷹旦那と」

「うむ。それでよろしい。して、そなたの名は？」

「光《みつ》！」

七

かくして、新宮鷹之介の芝浜通いは、さらに続いた。

この度もまた溺れそうになったが、子供の頃のように海からは逃げなかった。長年心を苦しめたかなづちの呪縛《じゅばく》から脱してやろうと、気合を入れ直したのだ。

お光という師を得たのは幸いであった。

彼女は武芸者ではないから、堅苦しいことは一切言わない。

どうすれば水中で長く息が続くかとか、一気に深く潜れるかとか、海女としての泳ぎのこつしか語らない。

それが鷹之介の緊張を解き、水泳ぎを楽しめるようにしてくれた。

泳いでいると、ふと深みに足をさらわれることがあるが、お光がいると思えば安心して稽古に打ち込める。

そもそもが、たったの四日で泳ぎのこつを摑み始めていたのだから、そこからの上達は早かった。

お光に入門した初日から、鷹之介の体は水に浮き、それなりに立泳ぎが出来るようになった。

お光は、水中での注意点や、大きな波が寄せてきた時に、いかにすれば呑み込まれることなく波に乗れるかなど、実にわかり易く教えてくれたのである。

「これはありがたい。実にありがたい。おれがありがたいと思うているのだから、遠慮のう謝礼は受け取ってくれればよいのだ」

鷹之介は、お光にそう言って、さらに二分を手渡した。

お光は、泳ぎを教えたくらいで、どうして金になるのかが依然わからぬようで、やはりきょとんとしていたが、

「よいか。水術の師に習うと、束脩《そくしゅう》の金子やら謝礼やらで、それなりの金が要ることになる。そのことを思うと、そなたにこれだけの金を渡したとて、まだ安いくらいなのだ。つまり、おれもそなたも得をするわけだ」

そのように伝えると、

「へえ、そんなものかねえ。そんなら鷹旦那、こいつは好い儲《もう》け話をありがとうございます……」

お光は大いに喜んだ。

彼女にしてみれば、海女としての仕事の傍らで教えるだけだし、鷹之介は集中して一刻《いっとき》（二時間）だけの稽古と決めていたゆえ、大した負担ではなかった。ゆえに、ほんの内職のつもりであったのだが、突如として大金が入ってきたのだから、嬉しからぬはずはなかったのだ。

鷹之介がお光に泳ぎの指南を請うに際して気になったのは、お光の境遇であった。漁師には、彼らが拠《よ》る村があって、海女といえども自儘《じまま》にこの小さな浜に出張っていてよいものなのか。それがならぬなら、網元《あみもと》に話をつけねばならぬであろう。

その辺りの事情をお光に訊ねてみると、いささか複雑な彼女の生い立ちがわかった。

お光は先年に二親を失い、鷹之介が秘密の水練場に選んだこの浜辺の一画を漁場とすることを許されて、自儘に暮らしているのだという。

鷹之介が、ここなら人の目を気にすることはないと思い、水練の場として選んだ小さな浜であったが、元々はお光の漁場であったらしい。

鷹之介が稽古を始めてから最初の三日間にお光がいなかったのは、たまさかお光が漁師村での地引き網漁に駆り出されていたゆえであった。

「左様か……。そなたの漁場を荒らしてしもうたな」

この浜辺を自分のもののようにしてきたことを詫びつつ、十五にもならぬ時に自立を迫られたお光の境遇に同情を覚えた。

日頃、お光が群れから離れた動物のように、ここで貝、くるま海老、なまこ、たこなどを獲って僅かに暮らしているのには、何か理由があるのだろう。

お光は十七歳で、色の黒さに隠れているが、目鼻立ちはよく整っていて、なかなかの縹緻《きりょう》よしであるから、ちょっかいをかけたがる男も多いのかもしれない。

それゆえ、網元もお光に気遣い、特別な用がある他はここでひっそりと暮らせるようにしてやっているのではなかろうか。

自分もまた早くに父を亡くし、随分と苦労をしてきた鷹之介は、その辺りのことが気になったが、余計なことは訊《き》くまいと、深くは問わなかった。

そうはいうものの、今は自分にとってお光は、実にありがたく頼りになる師なのだ。

「おれに泳ぎを教えることで、そなたに迷惑が及ぶならば、遠慮のう言うがよい。

何とかなるようとりはかるゆえにな」

　それだけは、言葉に力を込めて言った。

「ははは、そいつはありがたいが、そんなことはしないでおくんなさいまし」

　お光はこともなげに言ったものだが、鷹之介はどうも引っかかりを覚えてならなかった。

　お光に稽古をつけてもらってから三日目のこと。

　鷹之介は、未だぎこちないものの、足が底につかぬところで泳げるまでになっていた。

　波が押し寄せても、じっとして身を任せ、ぷかりと浮きながら、次の泳ぎに移る術も身に付いてきた。

「鷹旦那、大したもんですよう。もっと頼りないお人かと思っていたが、その分だとやっとうの方もかなり強いんだろうねえ」

　鷹之介の勘のよさと、身のこなしに、お光は尋常ならざるものを覚えたのであろう。そんな風に感嘆して、その日も稽古を終えたのだが、お光と別れ、身仕度を整え低い崖を登り松木立の外へ抜けんとした時、

――どうも気に入らぬ奴らだ。

若い男の二人組が、向こうの高みから、まだ海女の漁を続けて浜にいるお光を覗き見ているのを鷹之介は認めた。

下帯の上に磯着を羽織った姿は、漁師に思えた。

気に入らぬのは二人の目付きであった。

その目には若い海女への好奇ではなく、嘲《あざけ》りと、憎しみが浮かんでいるように見えた。

小姓組番衆として城勤めをしていた頃と違って、今は市井に出てあらゆる騒動に首を突っ込んできた鷹之介であった。

以前よりもはるかに、人の目の動きを見るのが鋭敏になっている。

何か言葉をかけてやろうかと思ったが、それも騒動の因《もと》になると戒め、男達に注意深く目を向けるに止めた。

やがて二人は立ち去った。

しかしその際、ちらりと鷹之介に鋭い目を向けてきたものだ。

何とはなしに胸騒ぎを覚えつつ、鷹之介は赤坂丹後坂へと戻った。

編纂所に入ると、もう夕刻となっていたが、水軒三右衛門も松岡大八も出かけていていなかった。

このところ頭取の鷹之介が精力的に外廻りをしているので、いささか役所の内には居辛いようだ。

当てがあるかどうかは知らないが、とりあえず外に出ていようと思っているらしい。

今の鷹之介にはそれが幸いだ。

書庫には話し相手もなく、退屈そうにして武芸帖を整理している中田郡兵衛がいたが、

「屋敷にいるゆえ、何かあれば声をかけてくだされ」

鷹之介はそれだけを告げると、何か話したげな郡兵衛を置いて屋敷の自室へ戻った。

すると高宮松之丞が、待ち構えていたかのようにやって来て、

「お早いお戻りで……」

探るような目を向けてきた。

「うむ、外を廻ると何やら疲れる」

鷹之介は言うや、ごろりと寝転がった。

「少しお休みになればようございましょう」

「うむ、そうしよう」

「首尾《しゅび》はいかがにござりまするか？」

「首尾……？」

松之丞の目は、武芸帖編纂にかこつけて、実は水術の稽古を始めたのではないのかと問いかけている。

鷹之介の事情を知るだけに、松之丞は気を揉んでいるようだ。

「首尾は上々だ。言っておくが、今のおれは、沖で船から落されたとて不覚はとらぬぞ」

にこりと笑う鷹之介を見て、

「それを聞いて安堵いたしましてござりまする。何ぞ御用が出来《しゅったい》いたさば、爺めにお申し付けくださりませ」

松之丞もまた、にこやかに頷いてみせた。

主従は以心伝心《いしんでんしん》である。微行で外出をする理由が松之丞にはわかるだけに、供もなく不自由な折は、そっと自分に告げてくれればよいと応えたのである。

「爺ィ。大儀《たいぎ》であったな」

「ならば、ごゆるりと……」

松之丞は、満足そうな表情を浮かべ、一間を退がったのである。

八

翌日の芝浜での稽古では、少し潜ってみた。

もうかなづちとは呼ばれぬほどには泳げるようになった鷹之介である。

水中を魚のように泳ぎ、舞うがごとく海底へと潜り行くお光の姿を見ていると、少し真似てみたくなったのだ。

「鷹旦那ならすぐにできますよ」

まず自分の動きを何度か見て、浅いところで真似てみればよいと、お光は何度も潜って、貝や海老を獲ってみせた。

贅肉《ぜいにく》が削ぎ落されたたくましい肉体は、棉《めん》の肌襦袢で覆われ、紺の腰紐がしっかりと締められている。

これは指南を受けるに際しての鷹之介による要請であった。お蔭で彼はごく自然に、お光と向き合えるようになった。

お光は長い竹の柄の貝突きを片手に海底深く潜る。

塩水の中で目を開けるのにも少し慣れてきた鷹之介は、これが出来れば槍や刀を手に、海の中で格闘が出来るのではないかと思いつつ、お光の巧みな技に見入った。

しばし、海中に潜ってお光の姿を眺めていた鷹之介であったが、互いに水面に顔を出した時、

「おう、お光！　お前、ここで新しい商売でも始めたのか！」

からかうような男の声を耳にした。

お光の向こうの水面に、二つの男の顔がぷっかりと浮かんでいた。

鷹之介はその顔に見覚えがあった。

——昨日、浜辺を覗き見ていた奴らだ。

気に入らない顔をした漁師風の二人であった。

「新しい商売だと？　お前らに関り合いのないことだよ！」

お光は気丈《きじょう》に言い返した。どうやら知り合いらしい。

「ふん、母親譲りの手練手管《てれんてくだ》でよう、男を酷《ひで》え目に遭わせようってえんじゃあねえだろうなあ」

「おう、そこのお侍。海女の抱き心地はどうでえ」

二人は口々に水の中で囃《はや》し立てた。

どうやらこ奴らは、お光が人気《ひとけ》のない浜辺で漁をするのをよいことに、好き者の客を取っているのではないかと邪推しているようだ。

親から離れて、一人黙々と漁をして暮らすお光に対して何たる仕打ちであろう。

自分自身、好き者と目され、鷹之介は怒りが込み上げてきた。

何か言ってやろうと思ったが、水の中ではいかんともしがたい。やっと立ち泳ぎが出来ている状態で、大声で叫ぶほどの余裕はまだなかった。

「やかましいよ！　何をしに来たかは知らないが、この浜はあたしの浜だ。勝手に入って来るんじゃあないよ！」

お光は、そんな鷹之介を尻目に、どこまでも強気を崩さずに、男二人を叱りつけた。

二人はかなりの泳ぎの達者で、沖合から泳いでここまで来たらしい。

鷹之介が武士であると見て、水中ならばまず自分達には敵うまいと、お光を嬲《なぶ》りに来たのだ。

「この娘には、泳ぎを教わっているだけじゃ！　おかしなことを申すな！」

鷹之介は力の限り叫んだが、どうしても声が途切れてしまう。

「お前の浜だと？　ふざけるな、お情けで漁をさせてもらっているだけじゃあねえか！」

男の一人が言った。鷹之介は完全に黙殺されていた。

「うだうだ言わずにかかってこい！　このできそこないが！」

お光は挑発した。惚れ惚れとするような気の強さである。

「その減らず口を黙らせてやらあ」

男二人は、抜き手を切ってお光に近付いてきた。お光は動じず、立ち泳ぎのままじっと待つ。

そして先頭の一人が、お光の眼前で息を継いだ時、お光は、立泳ぎの状態で、貝突きを振りかぶり、柄尻をこ奴の頭に振り下ろした。

「て、手前……！」

脳天をしたたかに打たれた男は、頭を抱えた。その刹那《せつな》、お光は水中に潜り、後続の一人の腹を水中で突いた。

「こ、こいつめ……」

呻《うめ》く男の腹を、お光はさらに竹の柄で突く。

「このままですむと思うなよ！」

二人の男は堪らずひとまず浜に上がった。

しかし、そこには彼らより先に鷹之介がいた。

鷹之介は岩陰に隠してあった刀を手にしていたので、二人は体の痛みに堪えながら、一目散に逃げ去ったのである。

「ざまあ見やがれ！」

続いてお光も、浜に上がってきた。

「見事じゃ！」

鷹之介は思わず叫んでいた。

「まず、水の中じゃあ負けませんよう」

お光は照れ笑いを浮かべた。

どうやら、あの二人との確執は以前からあり、いざという時のために、お光は水中で得物《えもの》を使えるように稽古をしていたらしい。

立泳ぎをしながら棒を振りかぶり、息を継ぐところに振り下ろし、水中で突く――。

我流ながらも、これはもう立派に武芸として完成されている。

「今の術も教えてくれぬか」

「いくらでも教えますよう」

笑い合う二人に浜風が吹きつけ、夏の暑さに涼を届けた。

「だが、その前に、奴らが何ゆえそなたにちょっかいを出してきたか教えてくれぬか」

鷹之介は問うた。

「母親譲りの手練手管……」

という言葉が、鷹之介の心の内に引っかかっていた。

「つまらない話ですよ……」

いつも快活なお光の目が曇った。

「それでも聞かせてくれ。そなたはおれの師匠だ。その師匠に害をなす者がいるようだ。しかも、そのきっかけを拵えたのはおれらしい。黙って見過ごすわけには参らぬ」

鷹之介は目に力を込めた。凛《りん》として正義に溢《あふ》れた若侍の真心に触れて、己が弱みをさらけ出さぬ娘はいまい。

「本当にくだらない話なんですよう」

たちまちお光の目が曇り、声がかすれた。明るく健気《けなげ》に生きる娘の哀愁は、鷹之介の胸を締めつける。

「あたしの知ったことじゃあないんで……」

お光が、訥々《とつとつ》と話すところによると――。

漁師達の間には、断ち切れぬ愛憎と確執が今も続いていた。

お光の母・お常《つね》と、浜次郎《はまじろう》という漁師の因縁がそこにあった。

お常は腕利きの海女で、下ぶくれでぽってりと肉置《ししお》きの豊かなところが、若い頃から男の目を引いたという。やがてお常は、同じ村の漁師と所帯を持ちお光をもうけた。

ところがある日、その亭主を嵐の海に失って、若後家になってしまったから、話がおかしくなってきた。

漁師達は、娘を産んでなお色香が残るお常を、何とか自分のものにしようと競い合った。お常としては、まだ幼いお光を抱えて不安ばかりが募っていたから、甘い言葉を方々で囁かれると、堪えようがなかった。

そうして、密かに情を通じてしまったのが、浜次郎であった。

浜次郎は、面倒見がよく浜の男達からも慕われていたのだが、彼には女房子供があり、やがてお常とのことが、女房の知れるところとなってしまった。

その女房は気性が荒く、浜次郎とお常を厳しく詰った。

一時の気の迷いから起きた過《あやま》ちであったのだと、お常は詫びて浜次郎と別れると誓った。

しかし、浜次郎の方は完全にのぼせあがっていて、その後も人目を忍んでお常に言い寄った。

お常はそれを拒んだのだが、嵐の夜に漁師達が風雨に備え慌《あわただ》しく立ち働く隙を衝《つ》いて、浜次郎はお常を船小屋に誘い復縁を迫った。

その時、信じ難いほどの突風が漁村を襲い、二人がいた船小屋が崩れ落ちた。あえなくお常は浜次郎と共に死んでしまった。まだお光が十三の時であった。浜次郎の女房は怒り狂った。切れたはずの女と一緒に亭主が死んでしまったのであるから尚さらだ。

想いを断ち切れなかった浜次郎がいけなかったのだし、お常もその犠牲になったと言えるであろうが、村の者達は浜次郎の女房、子供に同情した。

そして、浜次郎の女房は、既に死んでしまったお常に文句も言えず、怒りの目を娘であるお光に向けた。

浜次郎の子供もまた母親を憐《あわ》れんで、お光に辛く当ったのである。

「その浜次郎の子供というのが、最前、そなたを嬲《なぶ》りに来た男なのだな」

お光の話を自分なりに解釈した鷹之介は、穏やかな物言いで訊ねた。お光は頷いて、

「頭を叩いてやった奴ですよう」

あ奴は鱶七《ふかしち》といって齢二十三。もう一人は、浪六《なみろく》という従兄《いとこ》だそうな。

網元は綱五郎《つなごろう》という男だが、この対処に困ったようだ。浜次郎にも落度があるし、

お光に罪はない。それどころかこの娘は二親を失い、漁の手伝いをさせておくと、鱶七とその仲間に苛《いじ》められる。

それを叱りつけて、お光を守ってやると、浜の女房達の反発を買う。女達にとってはどこまでもお常が悪者になるのだ。

そこで綱五郎は、お光が海女としては非凡な才を持っているのを見越して、小さな浜の一画で漁をさせるようにした。

他の漁師達とはほとんど顔を合わせることのないところに追いやっておけば、お光も気が楽であろうし、やがてほとぼりも冷めよう。

勝気で潜水が達者で、

「こっちこそ、おっ母さんを殺されたようなもんだ」

と、浜次郎を恨むお光は、何かというと浜の女房達に反発し、鱶七と衝突を繰り返していたから、この処置は当を得ていた。

去年、浜次郎の女房も亡くなり、鱶七もそれなりに分別のある漁師に成長してきた。

お光とてもう十七である。そろそろ、この確執も薄れてきたのではないかと、綱五郎も折を見て、少しずつお光を漁師達の地引き網漁などに参加させ、かつての平穏を取り戻させようとしていた。

結局は時が解決してくれる。お光にも新たな出会いがあり、誰かと所帯を持つような展開があればよいと期待していたのである。

しかし、平和を取り戻すには、お光の気性が荒過ぎた。

鱶七のちょっとした意地の悪い仕草や言動にもすぐに食ってかかり、つい先日も新たに諍《いさか》いが起こる始末であった。

まだしばらくこの状態が続くであろうと、綱五郎もさじを投げたまま、今日の喧嘩となったのである。

鱶七は、気に入らぬお光が近頃、若い武家らしき男と浜でいるのを見て、これを種に脅してやろうと思ったようだ。

「となれば、ますますそなたには申し訳ないことをしたな」

鷹之介は神妙な面持ちとなった。

結局今日は、男二人の襲撃を受けながら、自分は何の役にも立たなかったのである。

武士としては真に恥ずかしい。

「その上に、よくぞ他人に話し辛い事情を打ち明けてくれたな。この上は少しでも早う泳げるようになり、そなたに迷惑をかけぬようにいたすつもりゆえ、よしなに頼む」

鷹之介は威儀を正してみせたが、

——こんな旦那も世の中にはいるんだねえ。

お光は少し呆れたような顔をすることで、はにかみを隠しながら、鷹之介の顔をまじまじと見た。そうして、生まれて初めて触れる男の真心を、心の内に噛みしめていたのである。

九

鷹之介は、それからしばし気合を入れて水術の稽古をしたが、頭の中では、

——鱶七らはこのまま黙ってはいまい。

終始それが気になっていた。

お光もそこに想いが至っているようであったが、気丈な娘は決して恐れたり弱音を吐いたりはしなかった。

とはいえ、お光は漁村の外れの小屋で独り寝起きしているというから、そこを男達に襲われたらひとたまりもなかろう。

水の中では負ける気はしなくとも、陸の上では荒くれ漁師に敵うわけがない。

その日の別れ際、鷹之介はその辺りの懸念をお光に伝えると、

「そんなものは大事ありませんよう……」

お光は一笑に付した。村の外れといっても、お光が暮らす漁師小屋は、網元屋敷の裏手に位置し、鱶七らの家とは反対にあるらしい。

網元の屋敷は、夜になっても天災に備えて何人もの男達が警戒に当っている。

その横を通り抜けて、わざわざお光を襲いに来ることもないだろうし、

「あたしだって、女独りで暮らすのにそれなりの用心をしていますよう」

と言うのだ。

「あんな性根《しようね》の腐った野郎に、やられて堪《たま》るかってんだ」

お光は自分の家と網元屋敷、鱶七とその身内が住む家の配置図を浜の砂に描いて

嘲笑《あざわら》ってみせたが、油断は禁物である。

——まず様子を見てやろう。

鷹之介は、お光が浜を去るのを見届け、密かに後をつけた。

果してお光は大きな網元屋敷に立ち寄ると、その日の獲物を渡し、それから脇道を抜けて、小屋に戻った。

木立の陰からそれを見届けると、鷹之介は日暮れを待って、今度は鱶七の家を探ってみることにした。

日が暮れるまでの間は、芝金杉通《しばかなすぎどおり》四丁目に剣友の浪宅があったのを思い出し訪ねてみた。かつて士学館で共に学んだ仲で、今は小体の稽古場がある仕舞屋《しもたや》で、弟子二人と暮らしているのだ。

鷹之介はそこで、赤坂丹後坂の屋敷へ文を届けてもらうように頼むと、筵《むしろ》を借りた。

文には、芝浜の漁師村にいて遅くなると認《したた》め、筵には腰の大小を包み、日暮れてからは頬被りをして、いよいよ鱶七の家を探りに出た。

お光が砂浜に示した絵図は、なかなかに正確でわかり易かった。

大きな松の向こうに網干場があり、その隣りから男達の胴間声が漏れ聞こえてきた。

網干場に身を寄せて、そっと様子を窺うと、鷹之介の読み通り、鱶七は酒に酔い、激高していた。

「おれはお光の奴を許さねえぞ……！　そもそもおれの不幸せは、奴のお袋のせいなんだ。それをよう、あの腐れ女は、申し訳ねえという気持ちのかけらも見せやがらねえ。おれも男だ。あの女がちょっとでも健気な姿を見せたら、お前も苦労をしたんだろうし、もう水に流そうじゃあねえか、この先は妹みてえにかわいがってやろうと、気遣ってやるつもりだったんだ。だが、何かってえとあの馬鹿は食ってかかってきやがる。おまけに何だ。若え三一《わけさんぴん》をくわえ込んで、怪しいことをしやがって、それを質しに行ったら、貝突きの柄で殴りかかってきやがった。このままではすまさねえぞ……」

そっと戸の隙間から中を窺い見ると、従兄の浪六に、これも親類か仲間であろう、むくつけき若い漁師が三人ばかり、鱶七の機嫌を取るように相槌を打っている。

――まったく馬鹿な奴だ。

無分別に大きな声で物騒《ぶっそう》な話をして、容易《たやす》く人に聞かれてしまうとは、たわけにもほどがある。

水中で若い娘に軽くあしらわれた屈辱は、彼の理性を完全に奪ってしまっているようだ。

そして、日中にお光はふっと漏らしたのだが、鱶七は少し前に、

「お前の考え次第じゃあ、おれはお前を守ってやっても好いんだぜ」

などと言って、あろうことかお光に言い寄っていたらしい。

それをお光は、

「あたしを哀れんでくれるなら、二度とその馬鹿な顔を見せないでくれるかい」

けんもほろろにはねつけたというから、色絡みも加わって、鱶七の怒りは倍増しているのであろう。

「だがよう鱶七、あの女に思い知らせてやるのは好いが、奴はなかなかすばしっこいからよう。下手すると大きな騒ぎになっちまうぜ」

口を挟んだのは浪六であった。

「兄ィ、馬鹿なことを言うじゃあねえや。あの女がすばしっこいのは海の中だけさ。

夜中に押し入って、五人で押さえつけりゃあどうってことはねえ。それから船でどこかへ連れ出して、裸にひん剝いてそれこそ好き者の餌食《えじき》にしてやろうじゃあねえか」

鱶七は遂に恐ろしいことを言い出した。

「なるほど、そいつはおもしれえや。おれの博奕《ばくち》仲間に、そういうのに詳しい奴がいるから、捕えて持って行きゃあ、いくらかになるぜ」

浪六も、海中で竹の柄で突つかれたところがずきずきと痛み、その腹立ちが残忍な計略に拍車をかけた。

「兄ィ、そいつは好いぜ。なに、漁のさ中波にさらわれて、どこかへ流されちまったってことにすりゃあいいんだからよう。お光なら五十両はくだるめえよ」

たちまち五人の破落戸《ごろつき》達の顔が卑《いや》しく輝いた。一人頭十両以上の金が、厄介《やっかい》払いをした上に手に入るのだ。

どうせはみ出し者のお光が村から消えてしまったとて、誰も気にはすまい――。

憎しみは犯罪へと形を変えていく。

鷹之介の体内に怒りの血が駆け巡った。

亡母が犯したちょっとした過ちが、何故にお光をここまで苛《さいな》むのか。お光がそれに反発して無慈悲な連中に食ってかかったとて、彼女を責められまい。どこまでも人を偏見の目で見て、少しでも自分達と違う土壌にいると、これを疎外する。

鷹之介は、それが世間というなら叩き壊してやると体を震わせた。

網元屋敷で警戒に当っている男達は、鱶七達の馴染みのようだ。酒のひとつでも渡しておけば、夜中に若い男達が浜で少しくらい騒ごうが見咎めることもないらしい。

釣船をお光の家の近くの浜までつけ、お光の寝込みを襲い、有無を言わさず簀巻《すま》きにして船に乗せて運んでしまおう——。

男達の悪巧みはそのようにまとまった。

鷹之介の姿は既に消えていた。

彼がすぐにお光の住む小屋に駆け付けたのは言うまでもない。

やがて辺りは夜の色に染められ、静かな波音だけが闇に囁きかける時刻となったが、網元の屋敷の裏手で、突如つんざくような男達の悲鳴が轟いた。

それは鱶七、浪六達が、新宮鷹之介によって散々に懲《こ》らされた絶叫であった。

連中がお光の家の戸を外し、中へ忍び入った時。いきなり行灯の明かりが点《とも》り、彼らに立ち塞がる鷹之介の姿が浮かび上がった。

「な、何でぇお前は……」

「昼間の三一……」

驚く鱶七、浪六に対して、鷹之介は、棍棒でまずその脛《すね》を砕くや、外へ出て右へ左へと体を捌《さば》き、残る三人の腕、肩、肋《あばら》を打ち据えたのである。

お光は、小屋の隅で息を潜めていた。

「鷹旦那……、強いんだろうとは思ったが、大したもんだねえ……」

あの溺れかけていた若侍が、天狗のように一瞬にして荒くれ五人を地に這《は》わすとは思いもよらず、

「そんな旦那の師匠とは、あたしも大したもんだ」

暗闇で白い歯を見せた。

「子供の頃、親父殿に船から海へ放り込まれてな。それからおれは泳げぬようになったのだ」

鷹之介はにこりと笑った。

「そうなのかい？　実はあたしもうまく泳げなくてねえ、おっ母さんに船の上から海に放り込まれて、一時泳げなくなったことがあったんですよう」

お光は身を乗り出した。

「それはまことか？」

「まこと、まこと……」

「それがどうしてあんなに泳げるようになったのだ？」

鷹之介は目を丸くした。

「そりゃあ、おっ母さんが死んじまって、食うに困りゃあ泳ぎますよ」

「なるほど……」

目から鱗《うろこ》が落ちた――。

立場が変われば、自ずと何でも出来るようになるのだ。

「海へ放り込んだ母親を恨んでいるか？」

「恨んでなんかいませんよ。おっ母さんはあたしのためを思って放り込んだんだもの」

「そうだな」

「鷹旦那は、親父様を恨んでいるのですかい？」

「いや……恨んではおらぬ。おれのためを思って放り込んだのだからな」

「そうですよう。好い思い出じゃあ、ありませんか」

「うむ、好い思い出だ。今となってはな……」

父が自分を投げ入れた海に出て、今度存分に泳いでやろう。

鷹之介は、鱶七達が悲鳴をあげているのを尻目に、そんなことを考えていた。

すると、網元の屋敷から五人ばかり男達が手に手に得物を携えて、

「おい！　どうしたんだ！　いってえ何があったんだ！」

とばかりに駆け付けて来た。

かくなる上は是非もあるまい。

鷹之介は、男達の前にすっくと立ち、

「公儀武芸帖編纂所頭取・新宮鷹之介である！　水術の達者を捜しに浜を巡るに、このお光なる娘が目に留まったゆえ、一旦役所に招きたい。まず網元をこれへ。お、それと、この者共は娘に狼藉《ろうぜき》を働かんとしたゆえ、某が懲らしめた。詮議の時

まで縄をかけ、どこぞへ留め置くがよい！」
凜として透き通ったるその口上を耳にして、今度はお光が目を丸くした。

第二章　海女戦士

一

「頭取が何か企んでおられるとは思うておりましたが、ははは、浜で泳いでいたとは、お見それいたしました……」

松岡大八が体を揺すった。

「頭取ならではのことと存ずるが、芝浜での一暴れ、この目で見とうござりましたな」

水軒三右衛門が、顔をしかめつつ笑ってみせた。

二人は武芸帖編纂所の武芸場にいて、新宮鷹之介から、漁師村での騒動を打ち明けられていた。

傍らには、中田郡兵衛、高宮松之丞の姿もあるが、目をぱちくりとさせながら、隅で男達のやり取りを聞いている、海女のお光もそこにいた。

今は磯着ではなく、縞の単衣《ひとえ》を着て、武家奉公人のような形《なり》をしている。

これは新宮家の老女・槇《まき》と、女中のお梅《うめ》が用意したものである。

色の黒さは少しばかり異様ではあるものの、髪を結い上げると、飾りのない若さが浮き立ち、彼女を愛らしく見せている。

件《くだん》の漁師・鱶七、浪六達を相手に立廻り、網元に己が素姓を告げた後、鷹之介は網元屋敷に松之丞を呼び事後処理に当らせると、一旦お光を屋敷へ連れ帰った。

公儀武芸帖編纂所として、我流ながらも水中格闘に長けたお光を招き入れ、あれこれと水術の武芸帖について意見を求めたい——。

それが表向きの理由であるが、叩き伏せた者達の手前、お光をほとぼりが冷めるまで、村から連れ出しておいた方がよいと考えての処置であった。

「お偉いお人なんだろうと思っていたけど、やっぱり鷹旦那は大した殿様だったのですねえ……」

松之丞と共に駆けつけた、若党の原口鉄太郎と、中間の平助を従え赤坂丹後坂へと向かう道中、お光は大いに感じ入ったものだ。

鷹之介がひとまず自分を屋敷に連れ帰らんとした意味は、お光なりによく理解出来たものの、

「ぶげいちょう……、へんさん……、じょ……？　何ですそれは？　鷹旦那……、いや、殿様のお屋敷に連れていってもらえるのはありがたいが、あたしなんぞが中に入ったら、息が詰まっちまうんじゃあありませんかねえ」

やはり不安が襲ったようであった。

「ふふふ、案ずるな。そちはおれの師匠なのだ、偉そうにしていればよいのだ」

鷹之介は、彼女の利かぬ気を見ているだけにそれがおかしかったが、まだ十七のお光には三百俵取りの旗本屋敷がどのような格式かもわかるまい。心配になるのも無理はない。

しかし、新宮邸に入ってみると、片番所付きの屋敷は確かに広いが、恐い奥方がいるわけでもなく、老女の槇と女中のお梅しか女手はない、実に和やかな様子に救われた。

あれこれ世話を焼いてくれるのも実に親しげで、肩肘を張る必要もなかった。それでいて、旗本屋敷の品格も漂い、お光はお梅が自分と同じような年恰好である気易さもあり、

「こういうところで暮らすのも、悪くはないねえ」

「ここの暮らしは楽しゅうございますよ。何といっても、殿様がおやさしいお方ですからね……」

などと話も弾み、ゆったりとした一夜を過ごすことが出来た。

そして今日は、早速屋敷に隣接している武芸帖編纂所に連れていかれて、三右衛門、大八、郡兵衛と顔を合せたわけだが、荒くれ漁師達とは違い、強い中にも武士の教養が窺い見え、飾らぬ人となりに触れ、お光はますます落ち着きを覚えた。

浜ではほとんど人交じわりをせぬまま暮らしてきたお光にとっては、人との関わりがこれほど楽しいものかと思われて嬉しくなってきた。

武芸帖編纂所という役所については、郡兵衛がわかり易く教えてくれた。

滅びゆく流儀に目を向けてやれという、将軍・家斉の思《おぼ》し召しには、

「将軍様は、おやさしくて、おもしろいことをお考えになるんですねえ」

と感心し、雲の上の人からの命でここの頭取に着任したという鷹之介を、改めて見直す想いであった。

しかも、将軍直々のお声がかりで設けられたというのに、役所には一癖も二癖もあるような初老の男二人と、風変わりな戯作者《げさくしゃ》が居候のような形で編纂を手伝っている。

そして、若き頭取を和やかに囲んで、広い板間である武芸場に寄り集まって、武芸を語り体感する。そこには毛筋ほども、気取りやいがみ合いもない。

「ほんに、楽しそうなところだ……」

お光はつくづくと言ったものだ。

頭取を拝命した時は、絶望した鷹之介であったが、お光の目からはそのように映るのかと思うと、彼もまた何やら嬉しくなってきた。

「とにかく、このお光のお蔭で、不得手であった泳ぎが、随分と上達したというわけだ」

鷹之介は、お光がいかに泳ぎや潜りが達者であるか、また、我流で水中での闘い方を会得していることを皆に語り聞かせた。

その際、自分がまったくのかなづちであったとは言わず、〝不得手〟としたのはご愛敬《あいきよう》であった。

あまり泳ぎが上手でないので、浜で一人稽古をせんと出かけたところ、お光に出会ったという微妙な言い回しに、松之丞はにこやかに相槌を打ちお光に頷いてみせた。

お光もふくみ笑いでこれに倣《なら》った。

昨夜、新宮邸でお光は松之丞から
「殿の泳ぎについては、さぞかしそなたに難儀をかけたであろうが、殿にも頭取としての体面がある。もしや溺れかけたことがあったとて、その辺りはまず、お顔を立ててさしあげてくれぬか」

そのように耳打ちされていたのである。

――泳ぎが、〝不得手〟とはよく言ったものだ。

お光は内心失笑を禁じえなかったが、その物言いに鷹之介の稚気を覚えて、ますます好感が持てた。さらに、鷹之介とちょっとした隠しごとを共有する自分が、何とも誇らしく思え、

「長く泳いでいないと言ってなさいましたが、殿様は何日か海に入っただけで、上手に泳げるようにおなりで。その上に、危ないところを助けてもらって、まこと、まことにありがたいことでございますよ」

満面に笑みを湛《たた》えたのである。

そうして、自分の生い立ちや、漁師村での境遇を余さず語ったので、

「頭取は、よいことをなさいましたな」

大八は涙を浮かべて感じ入ったし、

「そなたを襲った奴らはとんでもないたわけ者じゃが、水の中でそなたに打ち負かされて頭に血が上ったと見える。腹も立つであろうが、頭取に懲らしめられたのじゃ、大目に見てやるがよい」

三右衛門はそのようにお光を宥《なだ》めたのである。

「へい。もう忘れちまおうと思っておりますよ」

お光も神妙に頷いた。

網元の網五郎と談合した松之丞は、鱶七、浪六達の処分をすべて預けた上で、お光を連れ帰った。

行き過ぎた蛮行とはいえ、村での因縁も引きずった一件であるから、役所などには届けずに、漁師村での内済《ないさい》にすることを勧めたのである。

鷹之介が偉い役人だと知り、生きた心地がしなかった鱶七達は、松之丞から、

「内済は、お光なる娘が望むことじゃ」

と伝えられ、

「もう二度と馬鹿な真似はいたしませんので、どうかお許しを……」

と願った。

しばらくお光の身を預かり、武芸帖編纂所の息がかかっていると示しておけば、この後はもう、おかしなことも起こるまい。

お光はこの処置を大いにありがたがったし、三右衛門、大八、郡兵衛もお光を大いに歓迎した。

不幸せな境遇をはね返すように、たくましくも健気に生きる――。

この連中がもっとも好む娘の要件を、お光はよく充たしていた。

それと共に、

「この暑い時分に、この泳ぎの名人がいる。かくなる上は、ちと総出で水術の稽古

に行ってみようではござらぬか」

大八が提唱した。

面倒がるかと思われた三右衛門であったが、鷹之介の話を聞くと、自分も水術が疎《おろそ》かになっていて、長く泳いでいない事実に行き当り、焦りを覚えたか、素直に賛同した。

考えてみれば、武芸者としてまったく隙のない水軒三右衛門も、水術の稽古からは遠ざかっているはずだ。

僅かな間ではあるが、海に挑んだ鷹之介は妙な対抗意識が湧いてきた。

泳げなかった自分の方が、今は上手く泳げるのではないか——。

そのように思われて、

「光先生。それでは我らに泳ぎの指南をしてもらおうか」

鷹之介は、すっかり気分を昂揚《こうよう》させたのである。

二

その日は、水軒三右衛門と松岡大八を相手に、新宮鷹之介が武芸帖に記された型や術の再現を武芸場で演武して、お光を大いに興奮させた。

あの溺れかけた鷹之介が、ここまでの武芸の達者とは想像もしなかったので、

――旦那方に、泳ぎの心得を問われるとは、あたしも偉くなったものだよ。

お光は大いに勇んで、武芸帖編纂所での水練が待ち遠しく、ここでの二日目を迎えることになった。

昼下がりとなって、編纂所に新たな客が訪れることになる。

その客は、鳴海《なるみ》絞りの単衣を粋に着こなした二十歳過ぎの女であった。

編纂所の門番を務めていた新宮家の中間・覚内《かくない》とは顔馴染のようで、彼女は彼を、

〝覚さん〟と呼び、〝先生〟と返されると、

「だから、その呼び方はやめとくれよ……」

と、少しばかり伝法《でんぽう》な口を利く。

女が、辰巳《たつみ》の三味線芸者にして、角野《かどの》流手裏剣術の継承者、春太郎《はるたろう》こと富澤春《とみざわはる》であることは言うまでもない。

「今日の呼び出しは、武芸についてじゃあないだろう。だから先生ってのはなしだよ」

「いや、それが立派な武芸についてのお呼び出しですよ」

「まさか」

「そのまさかでしてね」

「まあ、とにかく中で聞かせてもらいますよ」

勝手知ったる何やらで、春太郎は三味線片手に武芸場へと入った。

昨日、遣いの文がきて、

「洲崎《すさき》辺りの浜で泳ぎたいゆえ、あまり人気のないところを教えてもらいたい」

とあった。

——水遊びとは、このところの暑さが堪えられないんだろうねえ。

深川《ふかがわ》辰巳に暮らす春太郎なら、洲崎の海に詳しかろうというのだろう。

春太郎は、子供の頃に武芸者の父に連れられて、何度か海で泳いだことはあるが、

――まったく、三味線芸者が海で泳ぐはずがないじゃあないか、世話の焼ける男だねえ。

真に面倒な話であった。

そうは言いつつ、武芸帖編纂所には、時に手裏剣術の演武に赴《おもむ》き、楽に稼がせてもらっている上に、深川に飲みに来た時は、座敷にも呼んでもらっている。

春太郎にとっては、よい得意先であるし、ずけずけと頼みごとをしてくるのも、どこか憎めない。

夏の暑さに赤坂へ行くのも億劫《おっくう》になっていて、そういえば近頃、生真面目な好男子である鷹之介の顔も見ていない。

――仕方がないねえ。

と、ぼやきつつも心は浮かれて、その夜のうちに洲崎のよさげな浜を調べ上げて、訪ねてきたのである。

涼を求めて水遊びを企んでいるのなら、少しは座を盛り上げてやろうと三味線まで持参した。

「さすがは春太郎、よく気が利くではないか」

三右衛門などは、そう言ってからかってくるのに違いない。

――そん時は、何と返してやろうか。

ふふふと笑って、武芸場へは庭先から入ると、そこに鷹之介達の姿はなく、一人の若い娘が木太刀を振っている。

春太郎は、彼女がお光というわけありの海女であることをまだ知らなかった。

新しく入った女中にしては、武家の匂いがまったくしない――。

一瞬ぽかんとして眺めていると、お光もまた彼女に気付き、三味線が入った箱らしきものを抱えた粋な女の姿にきょとんとした。

「姐さん……、呼ばれて来たのかい？」

お光は小首を傾《かし》げた。

まさか今日は武芸場に芸者を呼んで、三味線を聞きながら宴会でも始めるのかと思ったのだ。

「ああ、ここの頭取から呼ばれてきたのさ」

春太郎は、いささかむっとした。この武芸帖編纂所で自分を知らない小娘がいて、

――芸者など呼んだ覚えはない。

という表情をしているのが気に入らなかった。

——何だい、女中を雇ったのなら、春太郎のことをちゃあんと話しておいてもらわないと困るじゃあないか。

などと思いつつ、

「で、お前は稽古場の掃除しがてら、剣術の稽古ってところかい？　旦那方を呼んでおくれな」

春太郎もまた、お光を武芸帖編纂所で雇った女中だと思って応えを返したのである。

春太郎が勝気なら、お光も勝気だ。

「姐さん、あいにくあたしは女中奉公しに来たんじゃあないんだよ」

小娘と侮《あなど》られた気がして、お光も言い返した。

「これでもあたしは、水術の指南役としてここにいるのさ」

「ああ、なるほど。今度は水術について、武芸帖に書き留めようってのかい」

何ごとにもよく気が回る春太郎は、門番を務めていた覚内が、今日の呼び出しは立派な武芸についてのものだと言っていた意味をすぐに察した。

それで洲崎の浜で、水術の稽古に相応《ふさわ》しいところはないかと問い合せてきたのであろう――。

しかし、この小娘が指南役だと言うのはどういうことであろう。

そこに考えを巡らしていると、

「ここじゃあ、こんな早い時分から、三味線付きで一杯やるのかい？　そいつは豪儀だねえ」

と、お光が頬笑《ほほえ》んだ。

それがまた春太郎には癪《しやく》に障る。

「この三味線は、ほんの座興さ。わっちもこれで、ちょっとした指南役でね。時折呼び出しを受けるってわけさ」

「へえ……？　いったい何の指南役なんだい」

「こういうことさ」

春太郎は、やにわに髪に手をやると、飾りのように差してあった針状の金物を、武芸場めがけて投げ打った。

それは細みの棒手裏剣で、お光の目の前を電光石火通り過ぎ、板間の向こうに覗く庭木に三本、見事真っ直ぐ縦に並んで突き立った。

これにはお光も呆気《あつけ》にとられ、

「ここは何やら、恐ろしいところだねえ……」

突き立った棒手裏剣を眺めて嘆息《たんそく》した。

そこに、鷹之介、三右衛門、大八、郡兵衛が、各々水術の武芸帖を携えつつ書庫から出てきた。

四人はぽかんとして、春太郎とお光の顔を交互に見ていたが、やがて鷹之介は事情を察して、

「これはすまぬ。某《それがし》の言葉足らずであったようじゃ。春先生、まずはこれへ……」

いつもながらに爽やかな顔を向けられると、春太郎もすぐに機嫌が直って、

「この黒い指南役は、どこのどなたなんです?」

「ははは、水術指南役、海女の光先生だ」

「海女……」

お光は大きく頷いて、

「泳ぎじゃあ、誰にも引けはとりませんよ」

と、胸を張った。

十七となればもう立派な女であり、時に大人の女と張り合うのだ。

その姿がやはり愛らしくて、男達は一斉に相好《そうごう》を崩したのである。

三

その翌日。

武芸帖編纂所の面々は、夏の暑き日を惜しむかのように、洲崎の浜辺へ出かけた。

芝浜に出かけてもよかったのだが、先頃騒ぎを起こしたばかりゆえ、今日は処《ところ》を変えた方がよいのではないかと、頭取・新宮鷹之介が気遣ったのだ。

洲崎は、深川木場の南側に広がる浜辺で、潮干狩に訪れる町の者達で賑わう。

東岸に洲崎弁財天社があり、その海に面したところに、ちょっとした窪地があり、そこを幔幕《まんまく》で仕切れば、人知れず泳ぎの稽古が出来るであろう。

春太郎が、その情報をもたらしてくれたのだ。

早速、高宮松之丞が弁財天社に申し入れをして段取り、水練場を確保した。そしてこの日は自らも浜辺に出向いた。

あの日、沖合で溺れそうになった鷹之介の今日の雄姿を、この目で確《しか》と見届けておきたかったのである。

水軒三右衛門、松岡大八は元より、中田郡兵衛も、

「何卒《なにとぞ》、某もお供を……」

と、ついてきた。

郡兵衛は、軍幹《ぐんかん》の名で読本《よみほん》なども書いているので、話の種にお光の泳ぎぶりを見ておきたかったようだ。

新宮家からは原口鉄太郎が、鷹之介の供をすると言って聞かず、半ば強引についてきた。

鷹之介が武芸帖編纂所の頭取になって以来、この若者は随分と武芸修得に目覚めた感があった。

水術の稽古など、滅多に出来るものではないと、お供を務める想いよりも、武芸修得への願望から浜へ来たというところである。

そして、海女のお光が一世一代の舞台に上がるつもりで意気込みつつ同行したの

であった。

「まず、浜を勧めた手前、わっちもちょいとばかり見物するよ」

春太郎も姿を見せたので、お光としては自分の泳ぎと潜りの凄まじさを見せつけてやりたい想いに溢れていた。

遊びに武芸場にやってきたのかと思えば、板間を突き抜けて、向こうの庭木に打った春太郎の手裏剣術には目を見張ったが、

「なに、海の中じゃあ、あたしに敵うまいよ」

と、密かな闘志を燃やしていたのだ。

松之丞、郡兵衛、鉄太郎が慌《あわただ》しく幔幕を張ると、ちょうど稽古に合うよい広さとなった。

お光は、着物の下に磯着を着込み、浜に着くや、帯をするすると取って、海女の姿にたちまち変身した。

三右衛門と大八も、お光が裸に近い恰好で泳ぐと、何やら気になる。

鷹之介がしっかりと衣服を身につけて稽古に当るよう、お光に言いつけたのはありがたかった。

とはいえ、ほとんど手足が剝き出しの恰好で、颯爽と浜に立つお光の姿をまのあたりにすると、男達は思わず目を細めた。

女の色気など微塵《みじん》も感じないが、褐色に光り輝く肌と、しなやかにして引き締まった体軀《たいく》、若衆髷《わかしまげ》のごとく引っ括った髪を見ると、海の女神の遣いが降臨したかのような心地となったのだ。

——う〜ん。こいつはわっちもおちおちとしていられないねえ。

見物の春太郎は低く唸った。

何がおちおちしていられないかというと、自分でもよくわからない感情であるが、あのむさ苦しい編纂所に、自分の他にもう一輪の花が咲いているのかと思うと、どうもおもしろくないのである。

——だが、あの殿様は好い男だ。

春太郎は失笑を禁じえなかった。

早速自らも、肌襦袢と下帯だけとなった鷹之介がお光の傍らに立つ。

編纂所で、水練場探しの趣旨《しゅし》と、鷹之介とお光の出会いと漁師村での一暴れを含めて聞かされたので、鷹之介がお光の姿に慣れているのはわかっている。

しかしそれにしても、鷹之介は実に自然な態度で、お光から水術を学ばんとしている。

彼にとっては女神の遣いであろうと何であろうと、今は武芸を修めるためのありがたい指南役に過ぎないのであろう。

「さて、三殿、大殿、まず何から教わろう」

鷹之介が真顔で言葉を発すると、一同は幻覚から解き放たれたようになり、

「うむ、左様でござるな。まずは立泳ぎをしてみとうござる」

「長く泳いでおらぬが、立泳ぎがまだしっかりとできれば、その姿勢のままで木太刀が振れるか確かめてみとうござるな」

三右衛門と大八は、すっかりと武芸者の鋭い目となり、彼らもまた着物を脱いだ。

鉄太郎は緊張の面持ちで鷹之介に倣い浜へ出たが、松之丞と二人で見物に回るかと思った中田郡兵衛もこれに続いた。

「おやおや、旦那方は皆たくましゅうございますねえ……」

春太郎は松之丞に笑顔を向けた。

「うむ、いかにも……」

松之丞は、頼もしそうに男達の裸体を、春太郎と共に眺めた。

若い鷹之介、鉄太郎はともかく、初老の三右衛門と大八、郡兵衛までもが、筋骨《きんこつ》隆々《りゅうりゅう》たる堂々とした体付きをしている。

「よし、ならば参ろう。光先生、よしなに頼む！」

鷹之介は、もうすっかりと海への恐れも忘れたかのように、海へと体を浸した。

一同がこれに続く。

松之丞の表情がたちまち綻《ほころ》んだ。

お光の隣りにあって、鷹之介の顔は見事に水面から出て、水の中で巧みに体を移動させていた。

――殿、実にお見事。

あの日。水に沈み、船の上で死にそうになっていた幼い鷹之介の青い顔が、今も松之丞の頭の中にこびりついている。

それが、今は日に焼けた精悍《せいかん》な顔を水面から覗《のぞ》かせ、

「皆、どうじゃ！　体は浮いているかな！」

と、他の四人に声を掛けている。

さすがに三右衛門と大八は、巧みに立泳ぎをして、

「これは一段とよろしゅうござる」

「頭取、すぐにそちらへ……」

口々に楽しそうな声を発し、鷹之介の傍へと寄っていった。

鷹之介も三人で並べるよう、位置を合わせに抜き手を切って泳ぐ。

「鷹旦那、上手におなりで！」

お光は、見違えるほどに泳ぎが上達した鷹之介の姿が嬉しくて、大声で称《たた》えると、なかなか泳ぎが安定しない、郡兵衛と鉄太郎の近くへと泳いでいき、

「お二人とも、もっと大きく足で水を蹴ってみてくださいまし。はい、そうして両手で水を掻く！」

手本を見せながら人魚のようにお光は、海中で自在に動き回った。

実に長閑《のどか》で美しい風景であった。

松之丞の目頭は自ずと熱くなっていく。

鷹之介は、皆の手前上手くなくとも無様な泳ぎは見せられぬと、海に入るまでは緊張を隠せなかったが、いざ皆と共に海に入ると、水中で仲間と戯れるのが楽しく

て、緊張もどこかへ吹き飛んでいた。

しかしそこは生真面目な鷹之介である。

松之丞には半刻ごとに合図を送るよう命じ、半刻経てば浜に上がって体を休め、海中で体が硬直せぬようにお光の指南の下、手足の筋や身を整えた。

三右衛門と大八は思いの外《ほか》、体が泳ぎを覚えていたとはしゃぎだし、お光が海中で鱶七、浪六を撃退した時のことを再現してくれるよう願い、

「あの時は、こんな風に足で体を支え、竹の柄を振りかざしたんですよ」

と言うお光と共に木太刀を手に海へ入り、その時の姿を教わった。

さらに二人は立泳ぎをしたままで、手には木太刀を持ち、型を決めて打ち合ってみた。

鷹之介もこれに挑み、両手で木太刀を振りかぶって水面を叩くという動作が出来るようになった。

郡兵衛と鉄太郎は、ほとんど今まで泳ぎの稽古をしてこなかったので、まず人並みに泳げるようにと、鷹之介が初めにお光に習ったのと同様に浅瀬で黙々と励んだ。

こうなると男達は時を忘れた。

仕舞いには、松之丞までが下帯ひとつになって海に入り、

「大したもんだ……」

と、お光が呆れるほどに泳ぎに没頭した。

一人蚊帳《かや》の外の春太郎は、

「暑いのに、いつまでも見てられないよ」

と、早々に浜辺を後にした。

どうせこの分だと水遊びに興じた勢いで、鷹之介達が深川の料理屋〝ちょうきち〟に繰り出すのは必至と思われた。

〝ちょうきち〟で飲めば、まず春太郎は座敷に呼ばれよう。

その時にまた、今日の成果を聞けばよい。

そして、彼女が予期した通り、日暮れてから意気揚々と浜を後にした鷹之介一行は、そのまま永代寺《えいたいじ》門前に繰り出したのであった。

成果は上々であった。

鷹之介は、まだまだ泳ぎの達者とは言えぬ身のこなしながら、もうすっかりと泳げるようになったことが、嬉しくて堪らなかった。

それは、郡兵衛と鉄太郎も同じで、三右衛門と大八は、編纂所の武芸帖に記されていた種々の泳法を、お光に体現してくれるように頼み、それらをお光が我流ながらもことごとくしてのけるのを目に焼き付け、大いに満足していた。

宴席が大いに盛り上がったのは言うまでもない。

座敷に呼ばれた春太郎は、景気よく三味線を奏《かな》で、彼らの昂揚《こうよう》に華を添えた。その際、彼女はお光に、

「武芸場じゃあわからなかったけど、海のお前は大したものだねえ」

つくづくと感嘆してみせた。

お光はそう言われると、肩をすぼめて、

「あたしは海女だからね。姐さんがそうやって三味線を弾けるのと同じなのさ。そこへいくと姐さんは、粋な上に手裏剣まで打てる。張り合う気も失せちまうよ……」

しおらしいことを言った。

「何も張り合うことはないさ。わっちはわっち、お前はお前さ」

春太郎は、少しばかりお光がいじらしくなったが、そのように突き放した。

ここは女としての貫禄を見せつけないと、若い娘はすぐにつけ上がるのだ。ちょっと意地悪な物言いをしてしまうのは、あんな恰好で鷹之介と何日も二人で海にいたというお光への嫉妬《しっと》も絡んでいることを、春太郎は心の奥底で認めていた。

「まあ、武芸帖編纂所ってのは楽しそうなところだが、気をつけないと、武芸を仕込まれて、お城の大奥《おおおく》に連れていかれるよ。あれで油断も隙もないんだから……」

そして、ちょっと脅しておくことも忘れなかったのである。

四

新宮鷹之介一行は、数日後に再び水術稽古をすると誓い、意気揚々と赤坂丹後坂へと引き上げた。

もちろん、お光もその中にいる。帰路の彼女は少々仏頂面《ぶっちょうづら》であった。春太郎の顔が頭にちらつくのである。

手裏剣の名手で、三味線片手に流行唄《はやり》など口ずさみ、そこはかとなく色香が漂い、気風《きっぷ》も好い――。

そんな大人の女を前にすると、いくら泳ぎの上手さを見せつけたとはいえ、どうも気後れがしてしまう。

言葉を交わすと軽くあしらわれ、お光はそれが心に引っかかっていた。

漁師村では理不尽な迫害と戦う日々で、このような感情に囚《とら》われたことはなかった。

決して嫌な感覚ではないのだが、自分の中でどのように収めればよいのかが、人間社会に紛れ込んだ猿のようにわからないのだ。

気をつけないと武芸を仕込まれて、お城の大奥に連れていかれる。

以前、将軍家から大奥に優秀な別式女（女武芸者）を送り込むよう鷹之介に命が下り、春太郎がそれに見込まれたことがあったようだが、お光にとっては何のことだかさっぱりわからない。

あれで油断も隙もないのだと、そっと告げた春太郎の表情はどこか楽しそうであった。

つまり、自分は武芸帖編纂所については、お前なんぞよりよく知っているのだということなのだろうか。

――なるほど、あの姐さんはあたしが妬《ねた》ましいんだね。

油断も隙もないのは、何処《いずこ》も同じだ。春太郎にとっては思い入れの強い武芸帖編纂所で、自分が大事にされて、しばしの宿りとなっている。

それがどうも、春太郎にとってはおもしろくないのであろう。

――そうだ、そうに違いないよ。

お光の顔にたちまち笑みが戻った。

そういう女同士のちょっとしたやり取りも、お光にとっては新鮮で珍しいものであった。

いつまで身を寄せることになるのかわからないが、爽やかで生一本な頭取と、彼を取り巻く豪快で心やさしき面々。

――これほど居心地の好いところはない。

お光にはそう思える。

新宮邸では、槇、お梅の二人が何かと面倒を見てくれるが、

「まさかお姫様でもあるまいに、放っておいてくれたらいいんですよう。それより、あたしにも何かさせておくんなさいまし」

と、言っているくらいだ。

水軒三右衛門と松岡大八は、

「編纂所には部屋が余っておるゆえ、ここで暮らせばよかろう」

「何かしないと落ち着かぬのなら、役所の内のことを切り盛りしてくれぬかな」

と言った。

「そいつはありがたいですよう。あたしがおさんどんさせてもらいます。その方が気が楽だし」

お光はそれを喜んで受けた。

編纂所には、件の二人に郡兵衛が住み込んでいるだけの男所帯で、何かというと槇とお梅が出張っていたから、お光が働いてくれるのなら、二人の負担も減る。

「まずそなたが気楽だと言うなら、何よりではないか。頼みましたぞ」

鷹之介も快く許し、その晩からお光の編纂所暮らしが始まったのだが、やっかみゆえのちょっとした脅しと思っていた、春太郎が言う油断も隙もない武芸帖編纂所は、正しくその通りであったようだ。

翌日から、お梅を手伝って編纂所内の掃除や、飯の仕度などをきびきびとこなすお光であったが、鷹之介が出仕してきてすぐに、どこかから遣いが来て、俄に騒がしくなった。

どうやら幕府の重役が、役所の様子を検分に来るらしい。

お光には名を聞いたところで何が何やらわからなかったが、来客は側衆《そばしゅう》を務める長妻伯耆守《ながつまほうきのかみ》という武士であった。

側衆は将軍に近侍《きんじ》する役職で、役高は五千石。老中が退出する夜間は、殿中の諸事を執《と》り行う。

「そんな偉いお方が、何をしに来なさるんです?」

お光にはどうも理解が出来なかった。

「まず、もの珍しさであろうな」

「いやいや、武芸帖編纂所の名が、それだけお偉方の中にも響き渡ってきたということではないか」

三右衛門と大八は、こともなげに言うが、しっかりとした供揃いでやって来た長妻一行は、なかなかに壮観であった。

鷹之介も小姓組番衆を務めていたのであるから、こういった重職の武士に会うのには慣れている。

とはいえ、俄なおとないにはどういう意味があるのか、それがどうも気になった。

「いや、役儀の邪魔をしてすまなんだのう」

正装に着替えて待ち受けた鷹之介に、長妻は穏やかに声をかけた。

齢《よわい》四十二。幕府要人にあっては脂《あぶら》が乗る年代で、家斉側近の家来の中でも切れ者で通っている。

端正《たんせい》な顔立ちは、ともすれば冷淡な風情を醸《かも》すきらいがあるが、物言いには情があり、それがかえって長妻伯耆守の人となりに徳を与えていた。

「わざわざのお出まし、恐悦《きょうえつ》に存じまする……」

鷹之介は畏《かしこ》まった。

この役所が落成した折は、若年寄の京極周防守を始め、番方《ばんかた》の旗本達が列席し祝ってくれたものだが、それ以来公儀の重職に就く者のおとないはなかった。

鷹之介の緊張も自ずと高まった。

長妻をそれを見て取り、

「ははは、まず楽にいたされよ。武芸帖編纂所は、上様の思し召しによって設けられたというに、側衆である身がまだ一度も足を運んだことがないのは、いかがなものかと思われてな……」

予々訪《かねがね》ねようと思いながら今になってしまったのだと、頭を掻いてみせた。

「ありがたき幸せに存じまする」

鷹之介は、温かい言葉に感じ入った。

側衆は他にも五、六人いるはずであるが、家斉の発案によって出来た役所を確かめておこうと足を運んだ者は、長妻伯耆守だけであった。

「御案内するほどのところとてござりませぬが……」

鷹之介は丁重に迎え、まず編纂所の書庫に案内した。

書庫には文机《ふづくえ》が三脚、書棚の向こうに置かれていて、書棚には整頓された武芸帖が並べられてある。

一年の間に編纂はそれなりに進んでいて、各地の大名家、旗本家から提出された物は、国別、地方別にわかり易く分けられていた。

武芸諸流の伝書などは、刀術、手裏剣術、鎖鎌術、薙刀術という具合に、これも丁寧に分別されていて、

「ほう、見事なものではないか」

と、長妻を唸らせた。

部屋の隅には、中田郡兵衛が控えていた。

鷹之介が、正式な編纂方ではないものの、ここに住み込みで作業を手伝ってくれているると紹介すると、

「左様か。報われぬこととてあるかもしれぬが、よしなにのう……」

長妻は、よく務めてくれていると労《ねぎら》い、それから武芸場に出ると、水軒三右衛門と松岡大八による型の演武を、鷹之介の解説を聞きつつ見物した。

「うむ、見事じゃ。両先生がいれば、鷹殿も心丈夫じゃのう。これからもよろしゅう頼みますぞ」

そしてここでも気易く声をかけて、二人の編纂方を労った。

一癖も二癖もあり、どんな貴人に接しても泰然自若《たいぜんじじゃく》としている三右衛門と大八も、これには素直に喜んだ。

長妻は、武芸場の大きさも程がよく、吏員の賄《まかな》い方や最少人数で仕事をこなしているところなどは、

「これは方々で見習わねばならぬな」

いたく感心をした。

「して、今はどのような武芸に目を付けているのじゃ」

「ははッ、水術にござりまする」

鷹之介は、武芸場の濡れ縁の隅に隠れるように控えていたお光を召し出し、

「腕利きの海女に学んでおりまする」

と、お光の泳ぎ、潜りの技を称えた。

「なるほど、海女に学ぶ。これはよい。お光とやら、仕事を休まねばならぬが、その分は代をしっかりともらうがよいぞ。ふふふ、それにしても、よう日焼けをしているのは、そういうことであったか」

長妻伯耆守は、武芸帖編纂所の成果に何度も頷きながら、あらゆる接待ごとを固《こ》辞《じ》して、

「手間をかけたな。いや、さすがは上様じゃ。このような役所があれば、武士にとっては真に心強い」

酷暑の日に涼やかな風を残して立ち去った。

満足げな鷹之介であったが、三右衛門はというと、

「頭取は生真面目な御方よのう。三百俵取りとはいえ、ひとつの役所を預かる身なのじゃ。何もかもさらけ出し、水術のことまで伝えることもあるまいに」

などと、感心と批判が入り交じった、彼独特の口調で大八に語りかけ、

「何を申す。わざわざのおとないに誠意をもって応える。身に寸分の迷いがないゆえ、何もかもさらけ出すことができるのじゃぞ。いかにも頭取らしいではないか」

怒ったように言い返される。

武芸場ではいつもの風景が見られた。

——ここはあたしがいるところではない。

その隅でお光が、いささか放心の体《てい》でいた。

まるで飾らぬ人柄で、武芸修得のためには海女にさえ教えを乞う新宮鷹之介であるが、やはり途方もなく偉い旗本の殿様であったと、思い知らされたのだ。

ここに連れてこられたお蔭で、楽しい日々が続いている。鷹之介よりさらに偉いという殿様から直《じか》にやさしい言葉をかけられた。

それでも、いかめしい立居振舞《たちいぶるまい》を当り前のようにこなす鷹之介の姿をまのあたり

にすると、まったく住む世界が違う人だと恐れ入ってしまう。

——浜に戻ろうか。

そのうちあの騒ぎのほとぼりも冷め、この先は前よりも、もっと気楽に過ごすことが出来るであろう。

そう考えると、三味線芸者としての暮らしをしっかり持ちながら、この編纂所によい間合で出入りしている春太郎は、自分などより一枚も二枚も上手であると、お光の口からは溜息ばかりが出るのである。

五

心乱れ、芝浜の漁師村にいつ戻ればよいかと思い始めていたお光であったが、側衆・長妻伯耆守の来訪を受け、熱気漂う武芸帖編纂所は、そう容易く彼女を手放しはしなかった。

水軒三右衛門が、ある男のことを思い出したのである。

彼が編纂方として鷹之介の許《もと》に来た時に持参した書付——。

そこに水術の記述はなかったと思われたが、隅《すみ》に書かれてあった〝明石岩蔵《あかしいわぞう》〟という名に目が止まり、

「そういえばこの男は、金杉橋《かなすぎ》の袂の〝明石屋〟という釣具屋の隠居ではなかったか」

という記憶が蘇ったのだ。

岩蔵とは、三右衛門がたまさか明石屋で、釣竿を求めた折に知り合った。

三右衛門が、一廉《ひとかど》の武芸者であると見てとった岩蔵は、彼を釣場に案内して、隠居の徒然《つれづれ》に昔話を語ったのであった。

それによると、岩蔵は元は武士で、さる旗本の知行地《ちぎょうち》の代官を務めていた。

知行地は相州《そうしゅう》の海浜を含み、やがて生家の無嗣《むし》断絶によって浪人となり、江戸へ出て来たという。

三右衛門にしてみれば、まったくどうでもいい話で、適当に相槌を打ちながら、釣りに興じていたのだが、

「確かその折、〝白浪流《しらなみ》〟なる水術を自ら編み出した、などと言っていたような気がするのだ」

と、言うのだ。

「白浪流だと？」

大八は小首を傾げて、

「泥棒のような流儀だな」

「そうじゃ。そこに気が回らぬのが、明石岩蔵のおもしろいところでな」

三右衛門はニヤリと笑った。

それだけ下世話なことには通じておらず、ただ純粋に浜辺で見る白い浪に身を浮かべる自分を頭に描き、そのように名付けたというのだ。

「うむ。真に浮世離れをしておるのう」

大八は、そんな流派など放っておけばよいのではないかと顔をしかめた。

しかし、白浪が泥棒を思わせる言葉だと気が回らぬようなおかしなところが自分にもある鷹之介にしてみれば、ただ笑いとばすことも出来なかった。

「今はお光がいるゆえ、岩蔵の水術がいかなるものか確かめることもできましょう」

三右衛門は、乗り気であった。

釣具屋なら、船など持っているかもしれない。沖合に出て海に入り、お光に術をなぞらせて確かめることも出来る。

「まずその上で、くだらぬ水術であるならば、わざわざ武芸帖に記さずともよろしゅうござろう」

殊《こと》の外《ほか》に水術の極意が見られるかもしれない。その辺りの調べを行うのが武芸帖編纂所の役目であるから、当るだけ当ってみてもよいのではないかと三右衛門は鷹之介に勧めた。

「真、左様じゃのう。お光がここにいるうちに、あれこれ当っておくにこしたことがない」

鷹之介は三右衛門の意を受け、

「ならば、まず当ってくれませぬかな」

と、明石岩蔵を一度訪ねてくれるように頼んだのである。

「三右衛門、おぬしも少しはやる気が出たと見える」

珍しく率先して武芸帖の種を探す三右衛門を、大八はいささか訝《いぶか》しんだが、彼もまたお光の泳ぎを認めていたし、漁場から離れていては退屈であろうと気遣い、

「その隠居が達者であればよいな」

と、にこやかに送り出したのである。

水軒三右衛門は早速、金杉橋へと出かけた。

明石屋という釣具屋に竿を買いに出かけたのは、五年ほど前であっただろうか。

確か店は息子が切り盛りしていたはずだが、その日は用を足しに出かけていて、隠居の岩蔵が、三右衛門の姿を見るや奥から出てきて、釣具の蘊蓄《うんちく》を語り、

「好い釣場にお連れいたしましょう」

と、自ら艪《ろ》を操り海へと出てくれたのだが、船の上では、

「こなた様は、一廉の武芸者とお見受けいたしまするゆえ、お話しいたしまするが……」

などと言って、今度は頼みもしない水術の話をしてきた。

釣りをしたいというのに、水術の話を延々とされては堪らなかった。

船の上だけに逃げ場もなく、水術の心得があるという元武士がどこか不気味で、

——まず、聞き流しておくか。

そこは武芸者としての好奇心もあり、釣糸を垂れながら、聞くとはなしに聞いた。

今となっては岩蔵が、元は旗本家にあって代官を務めていたことくらいしか覚えていないが、その熱心さはなかなかのものであったという気がする。

それゆえ名を書き留めていたのであろう。

——近頃は、物忘れがひどうなった。

頼りない記憶を辿《たど》りつつ、三右衛門は明石屋を尋ね歩いた。

金杉橋北詰を少し東へ行ったところで、確か釣船も二艘《そう》ばかりあったはずだ。

そこはすぐに見つかった。障子戸に屋号が大書されていて、二階が魚料理の店となっている。正しくそこであったが、以前より店は建て増しがなされたようで、随分と大きくなっている。

下の釣具屋へ入ると、若い手代と小僧が二人いて、先客の相手をしていた。

三右衛門の姿を見て、粗略には出来ぬであろうと思ったのか、奥から恰服《かっぷく》の好い四十絡みの男が出て来て応対した。

どうやらこの店の主人のようだ。

「主殿《あるじ》か？」

三右衛門は努めて穏やかに問うた。

「はい。左様にございます」

主は堂々として媚《こ》びず、かつ丁寧な口調である。元は武家の出である品格が見え隠れしているように窺われた。

「ならば、岩蔵殿の……？」

「わたくしの父をご存知で？」

やはり明石岩蔵の息子であった。

「いや、もう随分前になるが、ここに竿を買いに来たことがあってな」

三右衛門はその時の岩蔵との思い出を、手短かに語った。

「左様でございましたか」

明石屋の主人は、たちまち表情を曇らせた。

「それはまた、ご迷惑をおかけいたしました」

「ああ、いや、何も詫びることはない。某はあれこれ武芸を修めてきた者でな、なかなかに味わい深い話を聞かせてもろうた。それゆえ今も覚えているというわけじゃ」

「それはありがたいお言葉でございます」

「岩蔵殿には、泣かされた口かな？」

三右衛門はにこっと笑ってみせた。

浪人の身となり釣具屋を開き、隠居に納まったのはよいが、武芸道楽に妻子は大変な想いをしたのではなかったか――。

気の向いた時だけ接客して、水術を語り、客から疎《うと》まれたことも過去には何度もあったのであろう。

「はい、それはもう、母親と共に……」

と、言いかけて主人は口ごもった。

内々の話であるが、三右衛門の飾らぬ人となりと、軽妙な口調についそんな言葉が出たというところか。主人は岩蔵について、あまり語りたがらないと見てとった三右衛門は、自分が岩蔵とつるんでいる仲間とは思われぬ方がよいと察して、

「実はな、某、これでも役所から参った者でな」

まず自分の身分を明かすことにした。

「お役所から？　父が何ぞいたしましたか……」

主人は声を潜めた。

「いやいや、案ずるようなことではないのじゃよ」

三右衛門は、武芸帖編纂所から水術についての聞き取りに来たのだと、己が姓名と共に明かした。

「ほう……、左様にございますか……」

明石屋の主人は、沖之助《おきのすけ》と名乗った。

父親の水術が公儀の役所から注視されるなどとは夢にも思わず、初めは随分と訝しんだが、

「まあ、これも役儀でな。我らも流儀探索の数を増やしておかねばならぬということじゃ。親の代からその辺りに転がっていた土器《かわらけ》が、思わぬ値打ちものであった、世の中にはそのようなこととてあろうがな」

三右衛門がことを分けて話すと、

「なるほど、よくわかりました。値打ちものではないと思われますが、これで少しは手前共も報われたかもしれませぬ」

何ともいえない複雑な表情を浮かべて、沖之助は三右衛門を船着場に誘った。今日もそこに岩蔵はいるらしい。

六

「あれでございます……」

沖之助は、沖合に浮かぶ釣船の方を指で示した。

船の手前に、水面から一人の男の頭が覗いている。

よく見ると、男は両手で膳を持ちその脚が水面につかぬように掲げ、船に向かって泳いでいる。

「ほう、〝配膳游〟じゃな……」

三右衛門は頬笑んだ。

水術の技として残るもので、膳に汁椀、飯椀、焼物皿などを載せ、泳いで船上の者に手渡す。もちろん、倒したりこぼしたりは出来ないから、立泳ぎの精度が求められる。

明石屋で釣船を求めた客に、岩蔵は配膳游を披露しつつ、酒肴《しゅこう》を届けているようだ。

「親父殿は、よう働いているではないか」

「物珍しさに喜ぶお客もありますが、あれでは魚を釣ろうにも、餌に食いつく前に逃げてしまいます。釣具屋がすることではございません」

「ふふふ、なるほど。言われてみればそうじゃな」

「ほどなく浜へ戻って参りますので、ちとお待ち願います」

「うむ、心得たゆえ、主殿は店に戻るがよいぞ」

「畏れ入ります……」

沖之助は、いささかうんざりとした表情を浮かべて、三右衛門に恭《うやうや》しく一礼をすると店へと戻っていった。

――やはり父子の間はうまくいっていないようだな。

三右衛門は苦笑いを浮かべた。

彼の想像はほぼ当っているようだ。

浪人となり、方便《たつき》を立てんと釣具屋を開いたのはよいが、店は妻に任せきりで、自分は水術への夢が忘れられず、海に浸ってばかりいる。

いくら水術を極めたとて、それをもって仕官の道が開けることはまずあるまい。

水術は操船までも含むものであるから、釣具屋をするには役立つであろう。

そんな理由で、岩蔵は沖之助にも水術を仕込んできたのであるが、沖之助は、ろくに釣具屋にはおらず、母に苦労させてばかりの父に反発して店の手伝いに精を出すようになる。

父子の間にはそのような歴史があるに違いない。

松岡大八も、妻子がいながら武芸に打ち込み顧《かえり》みることがなかったゆえに、幼い娘を死なせ妻とも別れた過去を持つ。

独り身を通してきた三右衛門は、自分の生き方は間違っていなかったと思う反面、いがみ合いつつも己が分身がこの世にいるという幸せが想像もつかぬことに、ふと寂しさを覚えていた。

それは以前にはまるで覚えなかった感傷であった。

——おれも歳をとり気弱になったか。

そんな想いが胸の内を過《よぎ》った時。

半袖に下帯姿の岩蔵が浜に上がってきた。

もう六十を過ぎた老人であるが、若者には引けはとらぬほどの頑丈そうな体付きで、息もあがらず全身から水をしたたらせている。

「おや、これは水軒先生ではござりませぬか」

潮風に嗄れた声で、岩蔵は驚きの声をあげた。

「覚えていてくだされたか」

三右衛門は、それなら話が早いと息をついた。

岩蔵は、恥ずかしいところを見られてしまったと思ったのか、

「少しは店のためになるかと思うて、配膳游を披露しがてら酒肴を届けたのでござりまするが、倅《せがれ》にはまったく不評で……」

と、首を竦《すく》めた。

「ははは、まず人は飽き易うござるゆえに。さりながら、実に見事でござった」

三右衛門は、相変わらず浮世離れをした明石岩蔵に好感を覚えた。

あの折はまったく水術に興をそそられなかったが、こういうおもしろい男の話をもっと聞いておくべきだった。訪ねてみてよかったと思えたのだ。

「あれから某も、ちとおかしな役所に勤めるようになりましてな……」

三右衛門は、沖之助に告げたことをもう一度岩蔵に告げて、武芸帖編纂の意義を

説いた。

「そのような理由があって、貴殿の水術について聞き取りをしておきたいと、今日は参った次第にござる。いかがかな？」

「これはありがたき幸せ……」

岩蔵は声を詰まらせた。

水に濡れた顔が、さらに涙で濡れた。六十を過ぎた老人が、海から出た姿そのままに嬉し泣きをする姿は、なかなかに笑えるものがある。

「岩蔵殿、大層《たいそう》なことでもござらぬ。まずは着替えて、店の二階で一杯やりながら、あれこれ話しとうござる」

三右衛門は、吹き出しそうになるのを堪えて、威儀を正してみせた。

「いや、されどわたくしは、今では釣具屋の隠居の身。武士ともいえぬ有様でござりまする」

岩蔵は恐縮したが、

「それはまったく気にされずともよろしゅうござる。役所に勤めているとは申せ、某も身は浪人のまま。編纂所に出入りしている武芸者も癖のある者揃い。何の遠慮もいりませぬぞ」

三右衛門は励ますように告げると、釣具屋へ岩蔵と共に戻り、二階で酒が飲めるようにしてもらいたいと、沖之助に頼んだ。

「左様でございますか。これは畏れ入ります……」

三右衛門は用度を鷹之介からもらっている。

「あれこれ手間を取らせるゆえ、まずこれでみつくろってはくれぬかな。大したものは要らぬ。釣りは当方の礼として取っておいてもらいたい」

そう言って、沖之助に二分を手渡した。

「いえ、こんなにちょうだいしては……」

沖之助はまた恐縮したが、

「よいのだ。今後また造作《ぞうさ》をかけるかもしれぬゆえにな」

三右衛門は、そのまま沖之助の女房に案内されて、二階の小部屋に岩蔵と共に入ったのである。

沖之助の女房はお仙《せん》という。和《やわ》らかな物腰と、はきはきとした客あしらいのよさそうな喋り口調から察するに、どこぞの商家の娘だと思われる。

そもそもは武家の息子である沖之助だが、生業を釣具屋と定めた後は、それに徹したのであろう。

自分達親子の血統とは違う利発さを己が女房には求めたのに違いない。

「大旦那様の術が、いよいよ世に出るのでございますねえ」

お仙はにこやかに岩蔵に言葉をかけると、余計な口は利かずに、鯉《こい》のあらいに焼茄子などをさっと女中に揃えさせ、

「まずおひとつどうぞ」

よく冷やした酒を二人に注いだ後、席を外した。

「真にようできた嫁御でござるな」

三右衛門は、しっかりものの沖之助と共に岩蔵に賛辞を贈った。

「確かに倅めは、よい嫁をもらいました」

岩蔵は苦笑しつつ、お仙を誉めた。

日頃は軋轢《あつれき》のある父と子の間に立って、彼女は上手に立廻っているのであろう。

今も、岩蔵の水術を称えておけば、この先は義父の機嫌もよくなろう。機嫌がよいと衝突も少なくなる。

以前、岩蔵は数年前に妻を亡くしていると言っていたから、今はこのお仙が父子のよい緩衝《かんしょう》となっているらしい。

岩蔵が大きな声でお仙を誉めれば、遠回しに沖之助を誉めることになり、彼にとっても少しばかり気が楽になるのだろう。

岩蔵は三右衛門と酒を酌み交わすと、自分の水術が公儀武芸帖編纂所の資料に記されるかもしれぬと報され、何やら肩の荷が降りた心地がしたようだ。それからは、白浪流のことよりも、今自分が置かれている境遇について話し始めた。

「まあ、確かにわたしは、妻には辛い想いをさせたかもしれませぬ。だが、相州で代官を務めていた頃は、近隣の者達がわたしの水術を習いに来たものです……」

代官所の役人はもとより、船頭など、船に関わる仕事に就く者や、船宿の主などが道楽で稽古に来て、少しは知られた泳ぎの名手であった。

主家改易《かいえき》となった上は、そこにもいられず、

「ならば江戸へ出て、浜辺に居を構え、水術の弟子を募りつつ、この水術の腕によって方便《たずき》を立てんとしたのでござる」

何といっても江戸には人が多い。武士の数もおびただしい。物好きで豊かな町人

もいる。

その中のほんの一握りだけでも弟子になれば、江戸において水術指南として頭角を顕《あらわ》すことが出来る。

岩蔵はそれを信じて止《や》まなかった。

そうして金杉橋の近くの浜辺に浪宅を構えた。

そこは店仕舞いをした釣具屋で、ちょっとした船着場もあったから、夏場はそこで水術の稽古を付け、寒くなれば泳法、操船、海戦などの講義を家の中で開き、時には寒中水練に挑む。

そんな構想を立てた。

江戸の町の者は、やせ我慢に粋を求めるから、寒中水練などは意外と好まれるのではないか。

また、通人などというものは、〝物合わせ〟と称して、猫、小鳥などの見比べをするそうな。

中には、拡大鏡を用いて誰の蚤《のみ》が一番高く跳ぶかを競ったりする連中もいると聞く。

それならば配膳游に工夫を加えて、頭の上に椀を載せたり、額に徳利を載せて、これを落さずに立泳ぎで船から船まで運ぶような芸当も教えてやればおもしろがる者とているであろう。

ところが、これがまったくあたらない。

珍しい物好きな江戸の住人は、飽きっぽさもなかなかのものであった。

暑気払いに一、二度訪ねてくることはあっても、熱心に通ってくる者など一人もいなかった。

寒中水練を粋だと思う者もなく、頭に椀や徳利を載せて泳いだとて、

「ただの変わり者ではないか」

と目され、まるで流行らない。

岩蔵の目論見《もくろみ》は、すっかりと外れてしまったのである。

それでも岩蔵は、

「この日の本は海に囲まれている。水術こそ未来を切り拓《ひら》く武芸なのじゃ」

と、息子の沖之助に泳ぎや潜水を仕込み、さらなる飛躍を誓ったが、剣術、槍術、弓術などと違って、出稽古への依頼などありえない状況が続いた。

「そうして、方便を立てるために、住まいが元は釣具屋であったので、その伝手《つて》を頼って妻が細々と始めたのです……」

初めは、釣竿一式に魚籠《びく》などを置くだけの店ともいえぬようなものであったが、岩蔵が、秋になっても沖之助を泳がせて、高熱を出させるに及んで状況が変わった。ろくに医者にも見せられない貧乏所帯では、息子が死んでしまうと思った妻女は、形振《なりふ》り構わず商いに精を出した。

かつて古代中国で、周《しゆう》の文王《ぶん》に釣りをしているところを見出されて、周建国に活躍した武将・呂尚《りよしよう》は、先代の太公《たいこう》が望んだ人物ということから太公望《たいこうぼう》と呼ばれた。

これが日本で釣人をそのように称す由来であるのだが、岩蔵の妻女は太公望の謂《いわ》れを大書して店の前に貼り出し、これが釣人に受けて次第に店が流行るようになったのだ。

「妻はありがたい女でござってな。方便は立ったゆえに、存分に水術に打ち込めばよいと言うてくれた……。とはいえ、倅は母親の苦労をまのあたりにしていたので、己が行く道は〝釣具屋の主〟と定めた、などと申しましてな……」

明言したのは、沖之助がまだ十八の時で、それから岩蔵は自ずと、釣具屋の隠居の立場となってしまったのだ。

厳密に言うと、彼は武士を捨てたわけではないが、沖之助は〝明石屋〟の屋号を掲げ、明石屋の主・沖之助で通している。

釣船を扱うゆえ、いざとなれば泳げねばならぬので、沖之助も時に泳ぎの稽古はしているようだが、

「白浪流水術は、すっかり隠居の道楽となったわけでござりまする。それを武芸帖に書き遺してやろうとは、真にありがたいことにござりまする。そもそもが我流で、最早、弟子など一人もおらず、流祖であるわたしとて、その極意が何かと問われれば、何も応えられぬありさまでございますが、水軒先生、どうぞよしなに願います る」

明石岩蔵に、武士の口調が戻ってきた時。

彼はすっかりと酔い潰れてしまっていた。

七

新宮鷹之介は素早く動いた。

水軒三右衛門が明石屋を訪ねた翌日には、原口鉄太郎と平助《へいすけ》を供に明石岩蔵と、倅で明石屋の主人である沖之助に会いに出向いた。

岩蔵は昨日より尚感激し、沖之助はさらに複雑な表情を浮かべて畏《かしこ》まった。

これには三右衛門と松岡大八も随行し、一通りの挨拶ごとがすむと、明石屋の釣船を借り切って沖へ出た。

岩蔵は自らが艪《ろ》をとり、船には鷹之介、三右衛門、大八が乗り込んだ。

昨夜、三右衛門からの報告を聞いて大八は、

「おいおい、弟子は一人もいない。息子からはそっぽうを向かれ、己が流儀もよう覚えておらぬとは、まるで話にならぬであろう」

呆れ顔をした。

それでは、ただ暑いから退屈しのぎに海に浸っている、泳ぎ好きのおやじに過ぎ

ないと言うのだ。

「とは申せ、滅びゆく流派には違いなかろう。泳ぎなどというものは、どの水術も大差あるまい。まず白浪流を書き留めておくべきだと思うがのう」

三右衛門の考えに鷹之介は同意した。

今はまず、武芸帖の〝数〟を稼いでおきたかった。

そうなると大八にも異存はない。

岩蔵の姿に、娘を死なせ妻に去られた過去を思い出し、切なかった。

その胸の痛みが、自分を岩蔵と会いたくない想いにさせる。それを大八は心の内でわかっていた。

しかし、そういう感傷は捨てねばなるまい。岩蔵と共に自分も前を見ようと考えを改めたのである。

岩蔵はというと、これが自分にとって最後の水術披露と心に決めて沖に出ると、鷹之介達を前にいきなり海へ飛び込み泳いでみせた。

「まず、かえる足を旨といたしまする」

彼の泳ぎは、立泳ぎにしろ、抜き手を切って前進する時にしろ、実に滑らかに映る。

鷹之介も着物を脱ぎ海へ入って確かめると、踏足での立泳ぎの時も、岩蔵の足はかえるのように動き、水に馴染んでいる。

「とにかくバタバタとせずに、海や川におきましては浮くことを念頭に置かねばなりませぬ」

三右衛門と大八は、そういう言葉のひとつひとつを二人で書き留めた。

こういう泳ぎなどは、いくら文字を羅列《られつ》したとてわかるものではない。

実地に試すには、川や海へ行くしかないゆえに、あまり意味がないことはわかっているが、

「何かないと恰好がつかぬ。武芸帖編纂所というのも怪しいものじゃのう」

三右衛門は、それが日頃の口癖であるが、今回は特にそう思うのか、時折、深い溜息をついていた。

それでも、初老の武芸者二人は、自分達よりもはるか歳上の岩蔵の泳ぎに目を奪われた。

理屈ではなく実践あるのみと海中で叫ぶ老師の姿には、心打たれる。

額の上に徳利を置いて、背泳ぎをして落さない技はご愛敬で、場が大いに和《なご》んだ。立泳ぎで得物を手に振り下ろす技は、さすがに武士である。お光が漁師相手に貝突きの柄を振るったよりもはるかに激しく切れがあった。

さらに短刀を口に咥《くわ》え海中深く潜る。しかも、老人とは思えないほどに息が長く続いた。

「おい三右衛門、御隠居は海中で死んでいるのではないか？」

大八が案じたほどであった。

「息が続くようになるには、日頃の鍛練がなければなりませぬが、できる限り、水中では落ち着いて穏やかな気持ちになることが大事でござる。そうして、体の動きは少のう抑え、大きくゆっくりと泳ぐにかぎりまする……」

これらは心得ておけば、いざという時には役立つ術ばかりである。

鷹之介は心打たれた。自分は武芸帖編纂所を預る身になったゆえにこの場にいるが、ほとんどの武士は市井にいる水術師範について稽古をすることなどなかろう。

これだけの術を持ちながら、水術の師範では暮らしていけず、妻子のお蔭で水術道楽の隠居となれたに止まった。

せめて岩蔵の術を少しでも長く後世に遺してやろうと、彼ならではのやさしさが込みあげてきた。

それには、ただ書き留めただけでは意味がない。

「よし、お光を連れて何日かここへ通うことにしよう」

若いお光に教え込めば、後でゆっくりと、武芸帖として編纂することが出来る。

「頭取、それがよろしゅうござる」

三右衛門は諸手《もろて》を挙げて賛同した。もちろん大八にも異議はない。

武芸者として、決して恵まれた暮らしを送ってこなかった二人には、先行きの望みを失いながらも、六十を過ぎてこれだけの術を披露出来る明石岩蔵に対して何かしてやりたい想いは鷹之介以上に強い。

その岩蔵の術を、肉親と放れ、世間から苛まれながらも、立派に海女としての術を身に付けて生きてきた若いお光が体得して再現する。

そしてそれを自分達が見守り、武芸としての完成を吟味《ぎんみ》する。

日頃は何かといがみ合ったり、軽口を叩き酒を酌み交わしたりと、編纂所にあって古《いにしえ》の野武士のような風情を醸《かも》す二人であるが、武芸に対する思いはぴたりと合致する。

その日は一通り岩蔵の水術を検分して別れると、編纂所に戻ってお光にこれを報せ、わかり易く彼女の役割について説いた。

漁師村にそろそろ帰らねばならないのではないかと気が気でないお光は、

「あたしには何が何やらわからないが、とにかくその泳ぎの達者な爺様から、あれこれ教われればいいんですね」

何度も小首を傾げつつ、自分が頼りにされていると感じて、表情に朱がさしてきた。

この件については、編纂方二人に任せておけばよい――。

鷹之介はその様子を楽しそうに眺めて、

「光先生、よしなにな」

少しからかうように言ったものだ。

そうしてさらにその翌日から、明石屋の釣船にお光が加わり、岩蔵の指南を彼女を中心にして、四人で受けることとなった。

岩蔵の教え方は、なかなか理に適《かな》っていて、鷹之介はもちろん、三右衛門、大八も立泳ぎの精度を高めることが出来た。

お光が武芸自慢の三人の追随を許さぬほどの泳ぎと潜りを見せたのは言うまでもない。

今までは、潜水による漁のための泳ぎであったが、卓抜《たくばつ》した才が、指南役を得て一気に開花したかのようである。

岩蔵とて、水術の達人といっても既に老年となった。若い頃と違い、今では出来なくなった技もある。

それをお光がすると、一気に輝きを取り戻すのである。

三右衛門と大八から説明を受けていたが、いったい何をさせられるのだろうと、お光はいささか不安に見舞われていた。

しかし海を前にすると、海女の意地が湧いてきて、岩蔵の指南を見事にしてのけてやろうという気合に充ちてきた。

配膳游を男達がことごとく失敗する中、お光はこの日二度成功させ、額に徳利を置いての背泳ぎはすぐに身につけた。

岩蔵はこの三日間で、すっかりと若やいだ。

武芸帖編纂所から声がかかった時は、天にも昇る気持ちになった。

とはいえ、若い海女に水術を指南するのはいささか気が引けたのであるが、お光の充実ぶりを見ると嬉しくなってくる。

編纂所が存在しなければ、水術師範と海女が結びつくことなどなかったであろう。

おかしな取合せをさらりと実現してみせる、新宮鷹之介という若き頭取に、彼はすっかりと傾倒していったのである。

鷹之介は何度も海へ入った。

岩蔵の指南を次々にこなすお光を見ていると、自分の不甲斐なさに堪えられなくなるのだ。

「水に入る時は、気負わぬようになさりませ」

岩蔵は、そんな鷹之介を窘める。

「ならば、気負わぬ稽古をいたしましょう」

鷹之介は、水中で悠然としていられる自分を作りあげんとしてまた海に入った。

岩蔵、お光が傍にいるゆえ、海に対する恐れはないが、それでも自分の心の奥底には、末だ、幼い頃の海への怯《おび》えが残っていることを、鷹之介は覚えていた。

彼は何よりもそれを克服したかったのだ。

船に揺られながら、ふと海を見渡すと、どうもその沖合は、あの日父が自分を船から放り投げた風景に似ている。

——よし、ここで勝負をかけてやる。

黒光りする体を潮風にさらし、鷹之介は海に対して密かに闘志を燃やしていた。

八

白浪流水術——。

かつて水軒三右衛門が、釣竿を求めただけの縁で繋がった流派である。

誰からも相手にされず、既に滅びかけているのだが、鷹之介、三右衛門、大八はこの夏、白浪流と明石岩蔵に夢中になった。

これも岩蔵に運気が向いてきたからだろうか。いや、ただ水術を守ってきた老師に、いつか必ず訪れるべき定めであったのか。

鷹之介は、明石屋を訪ねてから数日にわたって、岩蔵の技の数々を目で追い、時に自らが体得せんと努めた。しかし、子供の頃溺れかけた芝の海での負の思い出は、依然彼の心の中で立ち塞がっていた。

――あの日の海に打ち勝つ。

いつしか、水術稽古の目標はそこにおかれるようになった。

そして、やがて勝負の時は、思わぬ形でやってきたのである。

白浪流水術には縄抜けの術も含まれていた。

手足を縛られた状態で船に乗せられ、どこかに運び去られる。

有事の際にはそのような目に遭うこともあろう。

船に揺られつつ、体の動きで縄を緩《ゆる》め、そこから脱出する。それもまた水術のひとつだと言うのだ。

縄抜けについては、鷹之介も武芸流派によらず、かつて稽古を積んだものだが、改めて船の上でしてみると難しかった。

手首を巧みにほぐしながら、縄の緩みを探るのだが、船が揺れるとそれもままならない。

外出の折には、足袋《たび》に小刀を忍ばせているので、何とかそれを指で捉えて縄を切る。
そういう試みも船上でしてみた。
いきなり外出のさ中に捕えられた場合は、敵も素早く船に乗せるためには、ゆっ
くりと丁寧に縄を打ってはいられない。
素早く縛《いまし》めると、何かしら不備が生じるもので、そこを上手く攻めるのが肝要《かんよう》
である。
「なるほど、これも水術のうちか……」
鷹之介は、三右衛門と大八が巧みに縄を外すのを見ながら自分も挑み、いくつか
の縛り方ではすぐに解いてみせ、お光を驚嘆させた。
「たとえば、後手に縛られてはいるが、足が使える。となれば、蹴り技と、頭突き
で二人くらいならば片がつく。さりながら敵の新手に見つかるやもしれぬゆえ、ひ
とまず船から水に飛び込み、潜って身を隠しつつ、立泳ぎで岸まで逃がれる……。
そのような場合もござろうな」
三右衛門が俄に岩蔵に問うた。

「いかにも。水術には、それを頭に置いたもので、手を縛られ足を縛られたまま水に逃がれるという〝手足がらみ〟なる大技もござりまする」

岩蔵は、これが出来ればまず水術の奥義《おうぎ》のひとつを極めたようなものだと言った。ちょうどその時、鷹之介は腕を縛っていた状態で、三右衛門のこの問いに一瞬不安が過った。

すると三右衛門はにこやかに、

「頭取ならば、足を縛られておらねば、蹴りと頭突きで二人くらいなら難なく倒せましょう。さて肝心なのはそれからでござるぞ。御免！」

と言って、鷹之介をそのまま海中に放り込んだ。

これには一同、唖然として、

「三右衛門、何をする」

大八は叱りつけたが、

「自分ではなかなかこの恰好で海に飛び込むなど、ふん切りがつかぬゆえにのう」

三右衛門は相変わらずににことしている。

「大事ない。頭取が両腕を使えぬからと申して泳げぬはずはなかろう」

しかし鷹之介には、その声もほとんど聞き取れなかった。

彼はあまりのことに、何が何やらわからずに水中でもがいていたのだ。

「これはあんまりですよう」

船上ではお光が眉をひそめ、今にも海へ飛び込んで鷹之介を助けんとする姿勢を見せたが、

「これ、頭取の稽古の邪魔をするではない」

三右衛門は首を横に振っていた。

——三右衛門、何ということをいたすか。

鷹之介は水中で叫んでいたが、すぐに気持ちを落ち着かせて、

——そうか……、三殿は見抜いていたのだな。おれが海を恐れていたことを。そうして、親父殿の代わりを務めてやろうというのだな。

と、思い直した。

水中では気持ちをゆったりとするよう努めねばならぬ。

それでこそ水に浮かび易いし、息も長く続くであろう。

岩蔵の教えを思い出し、三右衛門に、

「もう水など何も恐れてはおらぬ」

という自分を見せてやろう。

両手が使えずとも立泳ぎは出来る。

思えば真剣を抜いての立合でも恐れ知らずできた自分が、未だに水への恐れを引きずっていて何とするのだ。

剣士たる者は無念無想の境地に入らねばなるまい。それは陸の上でも水の中でも同じことなのだ。

鷹之介は、ゆっくりと力強く足で水を蹴った。

彼の体は、すっと海面に出た。

子供の頃、はるか頭上にあり、もう浮かび上がれないかと思ったところへ、腕を縛められたままで出られた。

鷹之介は、堂々たる表情のまま海面から顔を出し、

「三殿、いささか肝を冷やしたぞ！」

豪快に言い放った。

「ははは、これはお許しを。頭取ならばどのようになさるか、無性《むしょう》に見とうなり

まして……」

三右衛門は、鷹之介が海面から涼しい顔を覗かせるのはわかりきったことだと言わんばかりに頰笑んだ。

鷹之介はこともなげに、

「まずこのように体を浮かせ、足で水を掻いて岸へと逃げる……」

そう言うや立泳ぎで波に乗るようにして、ゆったりと岸に向かう。

「うむ！　おみそれいたしましてござる！」

三右衛門は船上で膝を打った。

「それでよろしゅうござりまする」

岩蔵は目を細めて、

「ささ、船へお上がりくださりませ」

海へ入り鷹之介を引き上げんとしたが、それより早くお光が小刀を口に咥え、船から海へすうっと潜った。

彼女はたちまち鷹之介に取り付き、体に巻きつく縄を切った。

これもこの数日、岩蔵に習った潜水術であった。

「これもまた見事！」

岩蔵が称えた時、既に鷹之介は船上の人となっていた。

「今日もまたよい稽古であった」

鷹之介は高らかに笑った。

若き武芸者は、ついに子供の頃からの恐れを振り払い、水との戦いをひとつ制した。

晴れやかな心地で見廻すと、芝の海から薩摩《さつま》島津家の蔵屋敷が見える。

父・孫右衛門が鷹之介を船から突き落した時と同じ景色ではないか。

――父上、鷹之介はもう溺れたりはいたしませぬぞ。ようくご覧《ろう》じ候《そうら》え。

鷹之介は海水を拭うふりをして、涙溢れる目頭を両手で押さえた。

第三章　秘　宝

一

「お仙、親父殿の様子はどうだ？」

「まだ随分と熱はあるみたいですが、大事はないかと。口の方は達者でしたよ」

金杉橋からほど近い釣具屋〝明石屋〟では、朝から主人の沖之助が、険しい表情で帳場に座っていた。

このところ、父・岩蔵が武芸帖編纂所から、思いもかけぬ水術教授を請われ、天にも昇る心地となり、

「身命を賭《と》す覚悟で、我が秘術を披露いたさねばならぬ」

と、連日釣船で海へと漕ぎ出す姿を横目で見ていた沖之助である。

岩蔵が張り切る様子は頬笑ましく、ひたすら打ち込んできた彼の生き甲斐が、日の目を見たのは真にめでたいと思う反面、

――また何かしでかさねばよいが。

同時に不安が頭を過っていた。

そもそも、明石岩蔵が張り切ると、ろくなことがないのだ。

今思えば、流行《はや》るはずのない水術道場を海辺に構え、その道の指南において江戸で頭角を顕さん、などと思い立ったのが間違いであった。

あれこれ工夫を加え、張り切れば張り切るほど、周りの者は迷惑を被った。

滅びゆく武芸諸流を記し後世に伝える――。

ありがたい武芸帖編纂所の想いに応えんとして身命を賭す想いはわかる。

――とはいえ、親父殿はとうに六十を過ぎているのだ。

存分に教授出来ぬままに体がいうことを聞かなくなったら、どうしようもない。

そしてその不安は現実のものとなり、岩蔵は昨日武芸帖編纂所の面々に水術教授をした後、夜になってから動けなくなった。

疲労と長い間海に浸かった無理が祟《たた》り、発熱したのだ。

編纂所頭取・新宮鷹之介からは、また明日の教授を頼まれていたが、この日は明け方まで熱に浮かされていたのである。

「まず明日については、お断り申し上げるしかあるまい」

沖之助はそのように判断しているのだが、

「これしきの熱など、今日一日休んでいればすぐに引こう。わざわざ遣いを出すまでもないぞ」

と、岩蔵は沖之助の女房のお仙に言う。

水に入らずとも、船上であれこれ助言を与えるだけでよい。海女で泳ぎの名手であるお光がすべてそれを形にしてくれるであろう――。

そんな風に考えているのだ。

――また勝手なことを言っている。

沖之助は呆れ返ってものも言えぬ。

船に乗るどころではない。船上でおかしな具合になれば、編纂所のお歴々にかえって迷惑がかかるのである。

叱りつけてやりたいが、岩蔵もそれによってさらに意固地にならんとも限らない。

「己が体については、己が誰よりもわかっておる」

何の信憑《しんぴょう》にも値せぬ、お決まりの言葉で突き進まんとする様子が見えてくる。

水術教授については、明石岩蔵と武芸帖編纂所との間で決めたことである。

沖之助が頼んだわけでもないのだから、放っておけばよいのだが、そこは父と子である。沖之助も岩蔵の体が気になる。

その上に、〝明石屋〟の主人として生きてきた中で身についた細々《こまごま》とした心配りが彼を不安にさせる。

武芸帖編纂所は立派な公儀の役所であり、そこから不興を買うのは、店の主としては避けなければいけない。

この数日、岩蔵が乗り込んだ釣船の貸し賃は、編纂所からはきっちりともらっている。

商いとしては、先に繋がる得意先でもあるのだ。

だがあれこれ話すと、岩蔵は沖之助の中にある損得勘定を見てとって、

「この身が不甲斐ないゆえ、お前が商いに励んだとはいえ、そのように一日中頭の

中で算盤をはじいていては、さぞ疲れよう」

などと、自嘲と皮肉が入り交じった言葉を息子に放つのは目に見えている。

そうなると、そこから言い争いになるのは必定《ひつじょう》。

もう〝明石屋〟も落ち着き、自分もそれなりの身上となった。近頃では年老いた父と諍いを起こしたくはないという想いが強くなってきた。

それゆえ、岩蔵が熱を出して寝込んでも、自分は特に声をかけずに、女房のお仙に任せた。

お仙はありがたい嫁である。

沖之助が言いたいことを、上手に嚙み砕いて岩蔵に伝えてくれるし、陽気で物怯《ものお》じしない気性ゆえに、岩蔵も己が想いをぶつけ易いようだ。

といっても、岩蔵もお仙にはきついことを言えない。

妻を亡くしてからというもの、釣具屋は沖之助だけでは回らず、お仙の働きに助けられているのをよくわかっているからだ。

お仙のお蔭で、沖之助との仲も何とか保っていられるし、隠居の身で水術道楽を続けていられるのだ。

この日は朝から、沖之助は何度もお仙に岩蔵の様子を訊いていた。

そんなに気にかかるなら、いっそ自分で話しにいけばよいのだが、その結果、岩蔵はお仙に件のごとく、今日一日休んでいれば大事ないと強がっているのであった。

やがて昼が過ぎ、お仙がまた岩蔵を見舞うと、

「次第に熱も収まってきたようじゃ。ふふふ、何のこれしき」

岩蔵はますます意気軒昂《けんこう》なる様子を見せたが、お仙の目には空元気にしか映らなかった。

熱が収まってきたなどと言っているが、岩蔵の顔は日焼けの上に熱が加わり、茹《ゆ》で蛸《だこ》のようになっている。

どう見ても快方に向かっているとも思えなかった。

それでもお仙は、岩蔵の言葉を笑顔で受け止め、

「元気が出てこられたご様子。ほっといたしました。と申しましても、もう少し様子を見た方がよろしゅうございます。これが風邪であったならば、武芸帖編纂所の殿様に移してしまうかもしれませぬゆえ……」

と、ひとつ釘を刺して寝所を下がった。

「うーむ、お仙の言う通りじゃな」

岩蔵は唸った。

あの爽やかな若殿・新宮鷹之介に病を移してしまっては確かに大変である。

それを思うと、彼の心は幾分しぼんだ。

せっかく己が水術に光が差したというのに、ここで中断するのは真に無念であった。

「だが仕方あるまい。ええい、何ゆえ熱が下がらぬのじゃ……」

苛々とすると頭がぼやけてきて、岩蔵は倒れるようにしてまた眠りについた。

帳場では沖之助が、

「やはりお前は、こんな時は頼りになる……」

岩蔵の寝所から戻ったお仙に、大きく頷いていた。

岩蔵が新宮鷹之介に心酔している様子をしっかりと見てとり、そこを衝いたのは巧みであった。

「親父殿には応えたようだな」

「はい。もう少ししてから、今度は旦那様がお訪ねになって、うまく宥めてさしあげればよろしゅうございましょう」

「そうだな」

「但し、そこは穏やかに、お話しなさいますように……」

「ああ、わかっている。わかっているが、穏やかに印導《いんどう》を渡すのは、ほんに難しいことだなあ」

沖之助は嘆息した。

父のこの度の快挙を素直に喜べぬ自分に、彼は戸惑っていたのである。

子供の頃、父は熱心に水術を教えてくれた。

そして、幼かった沖之助は素直に水術を愛し、父に負けぬ水術家としていつか名を成さんと、疑いもなく思っていた。

しかし、成長と共にまず沖之助の目にとび込んできたのは、母の悲嘆であった。

そして彼は、人並の暮らしを自分にさせんとして奮闘する母親に目もくれぬ、父親の身勝手さを恨むようになった。

岩蔵に冷たい海に入れられて、高熱を発した時でも、武芸の鍛練とはそのようなものだと納得していたが、流行りもせぬ水術指南に没頭し、妻の稼ぎを当り前のように吸収する父の態度が許せなかった。

沖之助は父・岩蔵の教えを受けて泳ぐ楽しさを知ったし、海に戯れることのおもしろさも理解している。

それでも彼にとって水術は暮らしの中心ではなかった。母を助けて家業を手伝ううちに、商いの難しさを知り、あくまでも釣道具屋の主の心得として水術は身につけるに止めようと心に誓ったのだ。

岩蔵は変わりゆく息子を、

「くだらぬ奴めが……」

と、突き放し、妻子の稼ぎの上に〝白浪流〟を大成していった。

そんな岩蔵を、沖之助は近頃では哀れな男だと捉えて、

「今さら水術で身を立てることもできまい。六十を過ぎてそれもよくわかったはずだ。といって釣具屋に居所もない。せめて隠居の道楽として、海で遊ばせてやればいい」

そのようにお仙にも話していた。

ところが、武芸帖編纂所なる役所が白浪流に目を付け、どういうわけか岩蔵が水

術の師範として召し出されることになった。

水術に想いを残しつつ、釣具屋の切り盛りに追われて暮らしてきた自分が、どうも割りに合わないような気になるのは当然かもしれなかった。

ゆえに、父とは折り合いのつかぬまま、これも息子の役割として暮らし向きの面倒を見て、それでいてどこか頭の上がらぬ間柄が続いている。

複雑な想いのまま、発熱するといった失態を演じている父・岩蔵と話さねばならないのは気が重たかった。

また、息子として武芸帖編纂所にも面目が立たない。

岩蔵に印導を渡せたとして、あの爽やかで気高い若き頭取・新宮鷹之介に何と言って詫びようかと、沖之助の悩みはつきなかった。

ところが、そろそろ目覚めた頃かと思い、沖之助が岩蔵の寝所を訪ねんとした八つ刻に、ふらりと明石屋に松岡大八が現れたのであった。

二

もう何度も明石屋の船着場から釣船に乗って、沖合へ水術稽古に向かっている松岡大八である。

陽気な彼は、沖之助と会えば軽口を言うまでの付合になっていた。

「これはようこそお越しくださいました……」

沖之助は畏まって大八を迎えて、

「もしや、本日も何か父に御用がおありでございましたか？」

上目遣いに見た。

岩蔵はこのところ物忘れも激しくなり、水術の稽古の日取りを間違えているのではないかと思ったのだ。

「いやいや、そうではないのだ……」

大八はにこやかに頭を振ると、

「岩蔵先生のことがちと気になってな、某が様子を見に参ったというわけじゃ」

心配そうな顔をした。

前回の水術稽古を終え引き上げた折、岩蔵は何やら疲れた様子であった。

それは鷹之介、水軒三右衛門の目から見ても明らかで、

「あの御隠居は、このところ精を出し過ぎて、体の具合を悪うしているのではないか……」

一様に心配していたのである。

二日後にはまた、釣船で沖合へ漕ぎ出して、泳ぎと潜水の稽古を願って別れたのだが、

「具合が悪ければ、水術指南は先へと延ばせばよい」

鷹之介はそう言って、まず大八を遣いに送ったのであった。

「いや、これは真に畏れ入ります……」

沖之助は救いの神が現れたと、ここぞとばかりに一別以来の岩蔵の様子を詳しく伝えた。

「やはり左様か」

「だが一日休めば、海中に入らずとも船の上で指南仕《つかまつ》るつもりだと、強がってお

りまして困っております」

「それはいかぬな。何と申しても先生もとうに六十を過ぎた身じゃ。無理は禁物ではないか」

「そのように申してはいるのですが、あの親父もなかなかに頑《かたく》なところがございまして、下手に宥めると怒り出すに違いござりませぬ」

「ははは、武芸者とはそんなものだ。こういうこともあろうかと、頭取の言葉を某が伝えに来たのじゃよ」

「忝《かたじけの》うございます」

沖之助は胸を撫で下ろした。

「真に細やかなお心遣いに痛み入りまする」

既に昨日の別れ際に、岩蔵の体には異変があったのだ。

それを見てとり、役所に帰ってから身を案じ、わざわざ遣いを差し向けてくれるとは、何とありがたい殿様であろうか。

さらに、松岡大八という人選がよい。

水軒三右衛門も豪快な男であるが、洒脱さを持ち合わせている分、あれこれ話もし易いから甘えも出る。

「必ずや明日までに体を整え、当方から遣いをやりますゆえ、明朝までお待ちくださりませぬか」

などと、面倒なことを言い出しかねぬ。

大八であれば、三右衛門よりもいささか付合いが浅い分遠慮もあるだろう。

それに、大八には有無を言わせぬ生一本さと、えも言われぬやさしさが巧みに同居している。

病人を見舞い、宥め、諭すには適任であった。

いずれにせよ、公儀の役人然とした武士が訪ねて来るわけではないので、明石屋の者達にとっては接し易くてありがたい。

岩蔵は沖之助に、新宮鷹之介について、

「近頃珍しき、涼やかな御方じゃ」

と評していたが、正しくその通りである。

心の内にわだかまりがある父と子が同じ想いを持つのは、久しぶりではなかろうか。

松岡大八が悠然として岩蔵の寝所を訪ねると、お仙は沖之助に、

「あのお殿様のお蔭で、御隠居様と少しお話しする機会が増えればよろしゅうございますねえ」

と囁いて、また店先へと戻っていった。

「お仙には敵わぬ……」

沖之助は苦笑いを浮かべた。

父子の心中を誰よりも鋭敏に捉えるお仙によって、岩蔵と沖之助は繋がっているのであろう。

新宮鷹之介は、そのお仙にとって何よりの救いなのかもしれない。

岩蔵の寝所から、

「はははは、実は我らもちと水に浸かり過ぎて具合が悪うなっておりましてな。こういう時は年嵩《としかさ》の者が休んでくださらぬと、なかなかに休めるものではないと頭取も嘆いておられたところでござる」

大八の豪快な笑い声が聞こえてきた。

「いやいや、これはまた畏れ入りまする……」

負けじと声を張る岩蔵の言葉にも、安堵の色が窺える。

まずは岩蔵も、休養を納得したようである。

沖之助もほっと息をついた。

同時に、ひたすら衝突を避けんとして、よそよそしくなっている父親との間が、少し縮まったような気がした。

「よし、今日はおれが釣船を出すとするか」

沖之助は、この日釣船を出してくれるようにと頼まれている客を、自らが案内せんと思い立った。

近頃は船頭あがりの店の者に任せていたが、無性に沖へ出て、潮風に当たりたくなってきたのである。

三

明石屋でのちょっとした騒動は、松岡大八によって武芸帖編纂所にもたらされた。

新宮鷹之介とお光は、明日の水術稽古へやる気を見せていただけに、いささか気

勢が削がれたが、

「考えてみれば、ちと根を詰め過ぎたかもしれぬ……」

若い者は、珍しいものに対してつい時を忘れて打ち込んでしまうが、明石岩蔵の歳ではそれに応え切れまい。

それは水軒三右衛門と松岡大八にも言えよう。

炎天下の海は、水中に入れば心地よいが、長い間浸かっていては体も冷える。

いくら武芸の達人といえども、三右衛門も大八も初老にさしかかっているのだ。

彼らにもほどよく休息を与えねばならなかったのだと、鷹之介は反省をしたのである。

お光にもその想いは伝わり、

「あたしは泳ぐことしか能がないから、つい入れ込んでしまいましたが、ちょいと付合わせ過ぎましたかねえ」

と、頭を掻いた。

お光にしてみれば、遊んでいると漁師村に戻されるのではないかと想いが募り、懸命さが前に出るのだ。

それは皆がわかっている。

彼女にとっては、漁師村での騒動のほとぼりはまだ冷めていないのであろう。

そんなお光が不憫《ふびん》である。

大八が見たところでは、

「御厚情に甘え、この度は休息させていただきますが、なに、三日もすれば体は元に戻りましょう」

などと岩蔵は言ってはいたが、姿から察すると三日では到底《とうてい》体は元に戻らぬであろうと思われた。

大八は、岩蔵が身命を賭す覚悟でいることはわかっているが、

「いやいや、油断は禁物ですぞ。まだまだ暑い日は続く由《よし》、明石先生が確《しか》と体を戻さぬうちは我らも教授は願えませぬ。まずは沖之助殿の判断に従われますように
……」

きっぱりと言って帰ってきたのである。

それゆえ、お光はますます内心穏やかでないのだが、こういう時は中田郡兵衛が巧みに取りなすのが武芸帖編纂所の常となっている。

郡兵衛は、洲崎での水練に一日加わってからは、

「もうしばらく泳ぐのはよしにいたそうと存じまする。こう日に焼けては、肌の皮がめくれて痛んで仕方がない……」

などと言って、書庫に籠《こも》っていた。

「皆が出払っていては、編纂所も立ち行きませぬゆえ」

彼は留守を務めているわけだが、皆が出払っている間、読本作者の軍幹となって、物語を書いていた。

お光が巧みに泳いで、水中深く潜る様子をまのあたりにして、戦に敗れた国の姫君が、海女となって敵を討つという話が浮かんだのである。

彼はその筆を一旦置いて、

「では、何でござりまするな。ここらで一度、白浪流水術についてを詳しく書き留めておいた方がよろしゅうござるな……」

と、提案した。

「ついては光先生に、術について語ってもらいとうござる。たとえば、身のこなし方、手足の使い方、息継ぎの間合や仕様を、ゆっくりと細かに、な……」

「うむ、それがよい。軍幹先生、光先生、よしなに」

鷹之介がすぐに相槌を打った。

お光は、やはり何が何やらわからなかったが、どうやら自分に新しい仕事が出来たのは確かなようである。

まだしばらく芝浜へ戻らなくてもよいのだと思うと、

「何なりとお申しつけくださいまし」

応える言葉も弾んでいた。

こうして編纂所はしばし、武芸帖の作成に移った。

水練に相応《ふさわ》しい季節はいつまでも続かぬゆえに、明石岩蔵が寝込んでしまったのは辛かったが、他にこれといった水術の師範も市井に見つかるとも思えない。

まず軍幹こと郡兵衛の聞き書きに皆で付合うことにしたのである。

すると、水術の実践に一息ついたのを見はからったかのように、若年寄・京極周防守から鷹之介に呼び出しがかかった。

お前達はいったい何をしているのだ――。

そんなお叱りを受けるのであろうか。いや、水術を勧めたのは周防守であるし、編纂所としてはそれを真摯《しんし》に受け止めて、まず自らが水術の鍛練を兼ねて、埋れつつあった白浪流を見つけ出したのである。

——お叱りを受ける覚えはない。

熱き若武者の血をたぎらせつつ、鷹之介はいつものように赤坂御門から永田町へと出て、京極邸へと向かった。

鷹之介は周防守に目通りが叶うや、堂々たる態度でこれまでの水術についての調査と、編纂方による稽古について語った。

白浪流なる流派についても、余すところなく報せたのだが、周防守はひとつひとつを詳しく訊ねようとはせず、

「そなたのことじゃ、さぞや泳ぎの腕をあげたのであろうな」

それが何よりだという言葉を目に浮かべ、鷹之介の成果を信じて疑わず、

「それならば、水術の鍛練をしつつ、海の底を調べることとてできような……」

何やら意味深長な物言いをした。

「海の底を調べる……。はて、それはいったい……」

鷹之介が首を傾げると、

「ああ、いや、そなたは水術についての調べをしているのであったな。それに託《かこつ》けて、あれこれ用を頼むわけにはいかなんだ……」

周防守は言葉を濁した。

日頃は何ごとに対しても的確な物言いで、政務に長《た》けた周防守にしては珍しい歯切れの悪さである。

鷹之介は、それが気になる。

聞き流しておけばよいのかもしれぬが、どうもそのままには出来なかった。

「あれこれ用を頼むわけにはいかぬとは、いかなることにござりましょう」

鷹之介は訊ねた。

「是非にもお聞かせくださりませ。武芸帖編纂所は、ただ武芸帖の整理をしていればよい役所だとは思うてはおりませぬゆえに……」

「うむ。まずそなたの気持ちはようわかるが、ふふふ、身共《みども》としたことが要らぬ口を利いてしもうたわ」

周防守は苦笑いを浮かべた。

思わず口走るとは、己が役儀においてありえないことだと言って、

「さすがにこの身も六十を過ぎて、耄碌《もうろく》したようじゃ」

嘆息した。

切れ者として知られる周防守がそのような表情を見せるのは、新宮鷹之介への信頼の証であろう。

そう考えると、鷹之介はまた熱くなる。

「耄碌などとはとんでもないことにござりまする。この鷹之介ならば何の御心配にも及びませぬ。何卒お役に立ちとうござりまする」

さらに身を伏して願った。

「いつもながらにそなたは頼りになる男じゃのう」

周防守の顔に笑みが戻った。

「ならば、まずそなたにだけ打ち明けよう」

「ありがたき幸せに存じまする」

「実は先だって、おかしな古文書が御城の蔵より見つかってな」

「おかしな古文書……」

「いかにも。佃島《つくだじま》記というものでな。まるで人に知られておらなんだのじゃが、漢籍《かんせき》などの中に紛れていたらしい」

「して、それには何が書かれていたのでござりましょう」

「それがな。将軍家の秘宝についてのことが記されていたのじゃよ」

「将軍家の秘宝……、でござりまするか」

「いかにも……」

四

時は随分と昔に遡《さかのぼ》る。

まだ江戸に幕府が作られて間もない頃。

徳川将軍家初代・家康《いえやす》は、大坂《おおさか》の陣の折に、徳川家に対しあれこれと船での便宜《べんぎ》をはかった漁師達を江戸へ呼び寄せた。

彼らは摂津《せっつ》国西成《にしなり》郡佃村の漁師達で、江戸での漁の権益を得た。

さらに大川の河口に島を造ることを許され、これを生国《しょうごく》の名をとって佃島とした。

この辺りの由緒は万民が知るところであるが、この文書には注目すべきことが記されていた。

家康は、いざという時のために二万両ばかりの軍資金を佃島の漁師達に秘匿《ひとく》させていたというのだ。

まだ徳川家の天下が磐石《ばんじゃく》とは言えぬ頃である。

有事の折は、佃島の漁船団が海上での隠密行動をとり、或いは徳川家の将をそれに紛らせて移動をさせるというような作戦を立てていたのかもしれない。

二万両はその時のためのありがたい軍用金となるであろう。

京極周防守は、文書に記されていたあらましを語ると声を潜めて、

「そしてその金は、佃島東南の沖合に沈められたとある」

「それは真でござりましょうか」

鷹之介もまた低い声で応えたが、それは興奮に震えていた。

思わず真かと訊いたが、相手は周防守である。それなりの真実味があるからこそ、逡巡《しゅんじゅん》した上でそっと告げたのであろう。

「そなたは知らぬであろうがな。この噂は密かに語り継がれてきたようじゃ」

歴代将軍家では、これを東照神君《とうしょうしんくん》の遺言と捉えて、いざという時は海中の秘宝を取り出し、戦に備えるようにと考えていたというのだ。

しかし、武家も何代か経ると、語り継がれる内容は曖昧《あいまい》になり、次第に忘れられ、

「そういえばそんな話を聞いたことがある」

くらいのものになる。

徳川家も五代目くらいまでは、潤沢に金があり、たかだか二万両を海の底から拾い出すようなことはしなかったようだ。

神君家康は、

「いざという時は……」

と伝えたそうな。

それならば、いざという時がくれば考えればよかろう。

二代将軍・秀忠《ひでただ》は、将軍職を譲って尚、駿府《すんぷ》において実権を持ち続ける家康とは、あまり仲がよくなかったとも言われている。

家康がわざわざ海に金を沈めてしまったのも、秀忠を疎んでのことかもしれぬ。

秀忠もまた佃島の漁師などは、魚貝を獲っていればよいのだと、いざとなっても

その力など借りるに足りずと相手にしなかったようだ。

軍用金を海に沈めておいたといっても、数人の漁師が知っていた程度で、厳しく口止めをされていたに違いない。

それから既に二百年が経つのだ。

漁師達も今ではそんなことがあったとは微塵《みじん》も思っていまい。

昔と違い、泰平が続くと、〝海の忍び〟のような役割など負いたくもないと、漁師達は思ったであろう。

そんな軍用金に関わっているなど、少しでも早く忘れてしまいたい過去であったに違いない。

幕府の組織も安定して、海上の警察としては船手組が確固たる地位を築いているのである。

いざとなっても、漁師の我らは何も知らない——。

と、後難を避けたはずだ。

幕府としても、東照神君が有事に備えて海に沈めたという伝承をまにうけて、それを見つけて引き揚げんとするのはどうも体裁が悪い。

やがて幕府の財政は行き詰りを見せ始めるのだが、曰《いわ》く付きの金を見つけ出して足しにしようなど、武士として恥ずべきことである。

世は文政《ぶんせい》となり、現将軍・徳川家斉は、御三卿の一つである一橋《ひとつばし》家から出て、十歳で十代将軍・家治《いえはる》の養子となり、十五歳で家治の急逝によって十一代目を継いだ。

そういう激動の中にあって、佃島沖合に軍用金が眠っているなどという伝承は、まったく耳に入らずにこれまできたらしい。

「それが上様におかれては、こ度の古文書の一件によって、斯様《かよう》なことがあったのかと、御執心《しゅうしん》の由……」

周防守は苦笑いを浮かべた。

「なるほど、上様がいかにも好まれそうな話にござりまする」

鷹之介は頰笑んだ。

滅びゆく武芸流派に光を当てんとして、武芸帖編纂所なる役所を創設させた将軍である。

古き趣きのある伝承に気がいかぬはずはない。

古文書を一読して興奮する様子が目に浮かぶようで、鷹之介は楽しくなってきた。

「して、上様におかれましては、方々お訊ねになられたのでござりましょうか」

「うむ。そうっと、さりげのう、な……」

幕閣の古老の中には、心当りのある者もいたが、いずれも、

「そういえば、そのような話を聞いたことがござりまする……」

その程度のものであった。

それならばと、密かに佃島に人を遣り、漁師達に伝承が残っているか探らせたが、

「まるで知る様子はなかったそうじゃ」

本当は伝えられているものの、後難を恐れて口を噤《つぐ》んでいる——。

そのような気配もまるでないという。

「ならば、やはり二万両の話は、ただの作り話でござりましょうか」

「それが、さにあらず」

周防守の眼光が鋭い輝きを放った。

部屋の床の間に飾られていた桔梗《ききよう》の花片がはらりと落ちた。

鷹之介の顔からも笑みが消えた。

「密かに〝佃島記〟なる古文書について調べてみたところ、これに記されている事

柄は、八割方は辻褄《つじつま》が合《お》うていることがわかったのじゃ」

それは公儀の機密事項として、あらゆる文書をひもとき、照らし合わせてみた結果であった。

「これは将軍家の秘事に触れることゆえ、詳しくは申せぬが、今まで何ゆえに確と調べなんだのかと、上様はいささか呆れておいでなのじゃ」

神君家康が佃島の漁師に命じて、島の東南沖に財宝を沈めさせたのは、間違いない事実のようである。

あやふやなのはその位置と、二万両という額だそうな。

ここまで話が出ると、鷹之介にも察しがついた。

「我らは、水術の調べに託けて、宝の在《あ》り処《か》を探る。それをお望みなのでございまするか」

彼は低い声で訊ねた。

「まさしくその通り。上様はそれを望んでおいでじゃ」

向井《むかい》将監《しょうげん》率いる船手組《ふなてぐみ》に当らせればよいのだが、表向きにすれば世間が騒ぎ出す恐れがある。

家斉は、このまま捨て置かずに軍用金が存在するかどうかを密かに確かめておきたいのだ。

その上で、見つかればそっと引き揚げて手許に置いておくつもりだという。

「いざという時に使えと、神君家康公は仰せになったそうだが、幕府財政が年々逼《ひっ》迫《ぱく》しつつある今が〝いざという時〟ではないか……」

家斉はそのように側近に告げたのである。

確かに家斉の言う通りだ。二万両があるとすれば、それを飢饉《ききん》や災害に備えての救済金として役立たせることが出来る。

海の中にいつまでも沈めていたとて詮無《せんな》きことだ。

と言って、あるかどうかもしれぬ宝を、船手組まで動員して捜すのも気が引ける。

二万両が出てきたとしても、

「将軍様は、さぞかし奥向きに金がかかるのであろう」

と、揶揄《やゆ》されるかもしれない。

とかく人は、他人の懐が俄に潤うと、やっかみ半分にあれこれ言い立てるものだ。

生涯において、妻妾十六人との間に、男子二十六人、女子二十七人をもうけた家斉であるから、おもしろおかしく言われるのは仕方があるまい。

そしてそれを気にするところが家斉の愛敬《あいきよう》であり、男としてのおもしろさであると鷹之介は思っている。

「畏まりました。武芸帖編纂所として、水術を実践し、これを武芸帖に書き留める。その修練場は、佃島東南の沖合といたしまする。恐れ入りまするが、御船手、町奉行所へはお口添え願いまする」

鷹之介は、秘事を託され秘宝の行方を求めるという胸躍る役儀に興奮を隠せず、勇んで赤坂丹後坂へと帰ったのであった。

五

早速、新宮鷹之介は動いた。

京極周防守は、武芸帖編纂所のために方々手配をして、町奉行所、船手組には編纂事業としての水術の実践の概容を伝えた。

そして、新宮家の家士・高宮松之丞は、

「御公儀の武芸帖を編纂いたしますゆえ、何卒そっと御見守りくださりますよう、お願い申し上げまする」

と、挨拶に回り、明石町の船宿を押さえ、船を確保した。

方々の役所については、若年寄からの通達があったこともあり、何《いず》れも丁重な対応を受けたが、どの役人もまるで関心を示さなかった。

まさか、武芸帖編纂所なる、将軍の道楽で出来たような小さな役所が、徳川家の秘宝を探索するなどとは夢にも思わぬゆえ、当然のことであろう。

鷹之介はあらゆる段取りをこなすと、すぐに周防守に御礼を言上《ごんじょう》し、

「秋になれば、調べものがはかばかしゅう進みませぬゆえ、日のある内はひたすらに潜ってみとうござりまする」

と、京極屋敷に呼び出されてから二日後には、密命にとりかかることを告げた。

その際、周防守は大いに満足をしたのだが、

「そういえば、長妻殿が編纂所を訪ねたとか？」

ふと思い出して、相好を崩した。

側衆である長妻伯耆守から報せを受けたのだが、

「真によい役所ができたものだと、いこう感心していたものじゃ」

「真にありがたい御方にござりまする」

「何かの折には、合力《ごうりき》をしたいと申されていた。あの御仁はなかなかのやり手ではあるが、そちの支配はこの若年寄であることを忘れてくれるな」

周防守は、伯耆守への対抗心をさらりと見せて、

「武芸帖編纂所にも贔屓ができて何よりじゃな」

にこやかに笑ってみせたのであった。

しかし、鷹之介は内心では頭を抱えていた。

水術の実践をしつつ、密かにお宝を捜すというが、頼みの明石岩蔵が寝込んでしまっているとなれば、どうして探ればよいのであろう。

潜水にかけてはお光が力を発揮してくれようが、彼女一人に頼るのは、何とも心もとない気がする。

助っ人を集めるならば、お光の他に海女を雇えばよいかもしれぬが、それでは武芸帖編纂所としての活動の意が薄れてしまう。

それに考えてみれば、お光とて編纂所の者ではない。

漁師村での騒動のほとぼりを冷ますために預っている状態であり、いわばそのついでに水術の編纂を手伝ってもらっているのだ。

その彼女に、徳川家の秘宝を捜させるのはいかがなものか。

ことがことだけに、鷹之介は水軒三右衛門と松岡大八の二人だけを新宮家の屋敷へ呼んで、周防守からの密命について話した。

思えば、夏になろうとした時に周防守から編纂事業に水術などどうかと勧められた時点で、この度の秘宝探索の話は家斉の意思として周防守に下命があったのであろう。

他の武術とは違って水術となれば、いかに武芸全般に優秀な新宮鷹之介といえども、その実力は読みにくい。

まずは様子を見てみれば、鷹之介は僅かな間に海の男のごとく黒く日に焼け、白浪流なる水術を調べている最中で、それに腕利きの海女まで召し出していると熱弁した。

やはり鷹之介は水術とてやり遂げる。

ならばと周防守は秘宝話を持ち出したのに違いない。

とはいえこれは、武芸帖編纂所だけで受けきれる話ではない。

それでも鷹之介は周防守に対して、いやその向こうにいる将軍家斉に対して、出来ぬとは言えなかった。

その想いを三右衛門と大八に打ち明けると、二人は秘宝話に興がそそられ、

「ほう、それはおもしろそうな」

「近頃珍しい、夢のある話でござりまする」

と、それぞれ身を乗り出したが、鷹之介の懸念には神妙に頷き、

「なるほど、お光がおらねば海底を探るなどできるものではござりませぬな」

「されど、このような大事を打ち明けてよいのでござろうか」

しばし考え込んだ。

二万両の軍用金の在り処を探るのだ。水術の技を体現するのとはわけが違う。

事が大きければそれだけ危険もつきまとうというものだ。

それをお光に課すのは酷ではないかと鷹之介が考えるのは、三右衛門にも大八にもよくわかる。

決して秘宝話を彼女が他言するとは思えぬが、そもそも武芸者ではなく海女なの

だ。

背負わせるものが重過ぎるのではなかろうか。

「ここは、お光に頼らず我らだけで当ってみてはどうかな」

鷹之介は二人に言った。

海底に沈めたといっても、いざとなれば水から揚げて軍用金に使う算段であったのならば、当然、人が潜っていける深さにあるはずだ。

「我ら三人に、鉄太郎、平助、覚内を交代で付ければ何とかなろう……」

鷹之介はもう海への恐怖は克服していた。

一旦乗り切ると、彼の海への征服欲はとめどもなく湧き上がってきていた。

三右衛門と大八とて、人並以上に水術の腕は達者である。

それぞれ体に命綱をつけ、交代で海底に潜れば、秘宝の在り処を突き止められるかもしれない。

「いや、きっと突き止めてみせようぞ」

鷹之介は強い意思を示した。

内心は不安に充ちていたが、頭取は一手《ひとて》の将なのだ。上に立つ者が曖昧な態度を取っていては先へは進めない。

誰に教えられたわけではないが、今まで読んだ書にはそんなことが書かれていた。いきなり一部署の長となった身には、そういう知識が大事である。なってからでは遅い。日頃からの学習が、こういう時に生きてくるのだと、近頃思い知らされる鷹之介であった。

そして彼のひた向きな姿を見るのを、ここでの何よりの楽しみとしているのが、三右衛門と大八であった。

この若き頭取は実のところ不安だらけのはずである。

老骨に鞭《むち》を打っても、この頭取を守《も》り立てようと素直に思ってしまう幸せを、他の誰が知ろうや。

かくして頭取と編纂方の二人は、意を決して編纂所に戻ったのだが、そこにはこれもまた意を決した表情を浮かべたお光が待っていた。

お光は三人を摑まえるや、

「あたしはもう、御用がすんじまいましたか……」

縋《すが》るような目を向けてきた。

「ははは、何だ。そなたらしゅうもない。泣きそうな顔をするでない」

鷹之介は高らかに笑ってみせたが、いきなり固めた意思を崩されそうになってたじろいだ。

鷹之介よりも、はるかに世間の荒波に打たれてきたお光には、自分が今どういう立場に置かれているのかが、手に取るようにわかるのだ。

三右衛門と大八も笑顔を取り繕ったが、お光の懊悩《おうのう》は容易に窺い知れる。

明石岩蔵が倒れて、水練は一時中止となり、鷹之介は昨日お光に暇を与えた。

「一度、芝浜の様子を見てくるがよい。帰れと申しているのではないぞ。まだそなたにはあれこれと頼みたいことがあるゆえにな」

鷹之介はそう言って送り出したのだが、お光はそっと漁師村を眺めて、まだここへは戻りたくないと思ったようだ。

「浜はどうであった」

「漁をするのが恋しゅうなったのではないか」

三右衛門と大八が、からかうように訊ねても、お光は生返事ばかりを繰り返していた。

そして今日は、正装をして鷹之介は出かけていた。

帰ってくるや屋敷へ入り、三右衛門と大八を呼び出したところを見ると、役所に何か新たな変化があったのかと気になるのは当然である。

「あの釣道具屋の先生が寝込んじまったからといって、あたしはぴんぴんしていますよう。何でも申しつけておくんなさいまし」

お光は泣きそうな顔をして、鷹之介に懇願した。

「わかっておる……」

鷹之介はにこやかな表情を崩さなかったが、心の内は乱れていた。

とりあえず明日はお光を編纂所に置いていくつもりであったが、自分が水術の編纂から外されるとなれば、お光はいよいよ浜へ帰らねばならぬと嘆くであろう。

「お前が、そろそろ浜に戻って、貝や魚を獲ってみようと思うまでは、ここでゆるりとすればよいぞ」

お光を編纂所に連れてきた折は、そのように伝えていた鷹之介であった。

すぐに漁師村に戻れとは言いたくなかった。

だが、明らかにどこぞの海へ出かける男達を見送りつつ、この役所で時を過ごすなど、お光にとっては堪えられまい。

――いや、そんなことは端《はな》からわかっている。

鷹之介は、これがお光のためなのだと己に言い聞かせて、

「そなたには、また頼みたいこともあるゆえ、しばらくは遊んでいよ」

きっぱりと言ったが、

「遊んでなんかいられませんよう。あたしは殿様に危ないところを助けてもらったんだ。どんなことでもしますから、海へ行く時はあたしを連れていっておくんなさいまし」

お光に手を合わされると、たちまち心が揺らぐ。

そもそも、お光の手を借りたいのはやまやまなのである。

「お光……」

三右衛門が声をかけた。

「今、我らが向かわんとしているところは、いささか危ない海でのう」

「危ない海……？」

「左様、前に江戸で暴れていた盗っ人が、お宝を沈めたというところでな」

「そんなところがあるんですかい？」

「他言《たごん》は無用じゃぞ！」

「へ、へへい……」

「同じ水術の編纂をするならば、そこでやった方が、もしやということもある。我らはそれゆえ、岩蔵殿から学んだ潜りの術を、そこで試さんとしているわけじゃ」

「何だ、そんなことか……」

「そんなこととは何じゃ」

「そいつはただの噂じゃあねえんですかい」

「噂だが、盗っ人はまだ捕えられてはおらぬ。真実ならば取り戻しに来るやもしれぬ。そうなれば命が危ううなる。それゆえお前は引っ込んでいよ」

三右衛門は、いかにも彼らしい咄嗟《とっさ》の作り話でお光を宥める。宥めつつ、お光の覚悟を促しているともいえる。

「引っ込んでいろ？　ははは、言っておきますがねえ。水の中じゃあ、あたしは先生方よりも腕は立ちますよ」

お光は、十七歳の娘とは思えぬ凄味を言葉に込めた。

「ははは！　そうであったな」

三右衛門は笑いとばした。

「頭取、困りましたな……」

彼は鷹之介を見て苦笑いを浮かべたが、その目は明らかに、

「連れて行ってやろうではござりませぬか」

と、言っている。

大八も同じ想いなのであろう。

「とは申せ、お光、お前はいざという時に、我らの言うことをしっかり聞くのかのう」

などと助け船を出した。

「聞きますよう！　何だって聞きますよう！」

叫ぶようにお光が応えるのを見て、鷹之介の肚《はら》も決まった。

「わかった。それならば光先生をこ度もまた連れていこう」

「まこと、まことにございますか？」

お光は狂喜した。

「真じゃ。だが、真は盗っ人のお宝捜しなどではないのだ。軍幹先生にも聞いてもらおう」

三右衛門は、お光に真実まで報せずともよかろうと巧みに取り繕ったが、かくなる上はすべて話すべきだと、鷹之介は威儀を正したのである。

さすがは頭取だと、三右衛門と大八の頰も緩む。

そして、軍幹こと中田郡兵衛は深く感じ入り、真実を告げられても、お光が動じることはまるでなかったのである。

六

鉄炮洲は、築地本願寺《つきじほんがんじ》の北東、本湊町《ほんみなとちょう》から明石町までを言う。

大川の河口に面し、その東方沖に浮かんでいるのが佃島である。

新宮鷹之介率いる武芸帖編纂所の一団は、明石町の船宿・川崎屋《かわさき》を拠点とした。

ここは京極周防守が、時に微行で使う店らしく、

「まず報せておこう」

と、勧めてくれたのである。

主は嘉兵衛《かへえ》という四十絡みの男で、万事においてそつがなく、余計な口は一切利かぬのがよい。

鷹之介への応対は、必ず自らが当たり、使用人を呼び出すのは最小限に止めていた。

若年寄である周防守の息がかかっている店だけはある。

鷹之介達の拠《よ》る一間は、庭の植え込みの向こうにあり、船宿の出入口から入らずとも庭の網代戸《あじろど》から入れる。

部屋からは船着場が直結していて、いつでも乗り降りが出来る。

「岩蔵殿はおらぬが、艪を漕ぐのは任せておくがよい……」

秘事に当るゆえ、船頭を雇うわけにもいかず、それだけが懸案であったが、松岡大八が胸を叩いた。

「おぬしが艪を?」

三右衛門は、彼自身艪を漕げぬわけでもないが、得手ではないので、少しばかりやっかんで疑いの目を向けたが、

「ふふふ、おぬしのように山奥の柳生の里にいた者にはできぬであろうがのう」

大八は得意満面である。

かつて武者修行中に食い詰めた折、川越《かわごえ》で船頭の手伝いをして糊口《ここう》を凌《しの》いだことがあったらしい。

「へえ……。大先生も苦労をしなさったんだねえ」

お光は目を丸くして、しみじみと大八を見た。

「おい、そう気の毒そうな顔をするでない。何やら泣けてくるではないか……」

頭を掻く大八の姿に、場は大いに和んだ。

この日は、鷹之介、三右衛門、大八、お光の他には、原口鉄太郎と覚内が同行していて、何《いず》れか一人が一間に残り、何かの折の応対に当った。

まずは鉄太郎が、矢立《やたて》と帳を持って共に乗り込む。

「参るぞ！」

大八が気合一番、大川の河口から海へと漕ぎ出した。

波は穏やかで風もなく、日射しだけが照りつける恰好の海であったが、やたらと船は揺れた。

「大八、代わろうか？　おぬしより、おれの方が上手かもしれぬぞ」

艪を手にするのは久し振りで、川とは勝手が違う海での操船に苦闘する大八に、三右衛門が言った。

「何の、すぐに慣れるわい！」

大八はむきになって言い返した。

「大先生、力まかせはいけませんよう」

お光が代わって艪をとると、船は滑らかに水面を進んだ。

「ほう……」

小さな体をしならせて、巧みに艪を操るお光に、男達は感嘆の声をあげた。

「いやしかし、お光にはあれこれしてもらわねばならぬこともある。すぐに慣れるゆえに、やはりおれが漕ごう。頭取、よろしゅうござりまするか？」

再び艪をとる大八が何とも剽《ひょう》げていて、

「沈みさえせねば、大殿に任せましょうぞ」

鷹之介は穏やかに言った。

そのうちに大八の艪を操る姿も落ち着いてきた。

お光はこの狭い船の中に、えも言われぬ温もりを覚えていた。

二親とも離れ、世間の冷たさと絶えず戦ってきた身には、頼みに思う人がいて、この人のために役に立ちたいと感じる日常が何と素晴らしいものなのか、自分が頼られる幸せと共に噛みしめたのだ。

そしてお光は、佃島から東南に位置して、水深が二十間ばかりのところを見はからって度々潜った。

類い稀なる潜水の才を誇るお光も、潜る限界は二十間を少し超えたところである。潜ればだいたいこれくらいがぎりぎりの深さだと、お光ならばわかる。

鷹之介は彼女の腰に命綱をつけて、周防守から手渡されている絵図を見ながら、見当をつけた。

周防守から手渡された海図は詳しいものではあったが、俄《にわか》仕込みの測量ではなかなか要を得ず苦労した。

とにかくお光が潜った海域には、海底に重しを沈めたり、岩肌に鉄の杭を打ち込んだりして、それに縄を付け浮きを海面に浮かべておいた。

これはかなりの重労働であった。お光しか潜れぬ水深もあり、

「武芸帖編纂所の仕事とはいえぬな」

さすがの鷹之介も音《ね》をあげたものだ。

だが、ある程度の海域を定めると、三日目くらいからは、その辺りを重点的に探索すればよいので、少しは楽しみも出来た。

「お光ばかりに働かせてはならぬ」

と、時には自らが重りを抱いて海に潜り、辺りを見回してから命綱で引き上げてもらう作業に挑んだ。

深さによっては激しく耳が痛んだが、その辺りのこつはお光から指南を受け、潜水にも慣れてきた。

小魚の群れが目の前を横切る。

はるか頭上から射し込む陽光が、水の中を煌《きら》めかせる。

鷹之介は、その美しさに魅せられた。

何やら夢の世界に紛れ込んだような――。

つい先頃まで海を恐れていた自分が嘘のようであった。

周防守からは、

「ゆめゆめ焦るではないぞ。この夏の間に捜せとは申さぬ。気長に当ってくれ」

と言われている。

本来しなければならない役儀ではない。鷹之介は、周防守の言葉をそのまま受け止めることにした。

下手をすると、明石岩蔵の二の舞となり、武芸帖編纂所そのものが機能しなくなるのだ。

そう割り切ると、鷹之介の若さが海を恋しがった。

ゆったりと水中を潜っていると、務めを忘れたところに楽しみが見出せる。

初老の三右衛門、大八もそうらしい。

鉄太郎と覚内も、何かにつけて海へ入りたがった。

武芸の修練は、主に武芸場に籠って体を苛め抜くものである。

ところが水術は違う。船の艪を漕ぐことさえ、どこか浮き浮きとしてくる。

水の中の世界は日々変化し、泳ぎが上手くなればなるほどに楽しさが増してくる。

探索の合間に試してみる水中での格闘などは辛いものだが、今は水術に託けての遊びともいえる。

日が暮れて船宿でとる食事も、鱸《すずき》の塩焼、鰻《うなぎ》の蒲焼、烏賊《いか》の田楽など、疲れた体にちょうどよい。

主命ゆえに、旗本の鷹之介も外泊が許され、日の出と共に海へ漕ぎ出すので、数日は〝川崎屋〟に泊り込んだ。

まさに遊山《ゆさん》気分である。

お光もまた、暮らしのかかった漁ではなく、胸躍るような宝捜しであるから、好奇心もあって日々楽しかった。

とはいえ、なかなか秘宝らしきものが沈んでいる光景は目に入らなかった。

遊山気分は長く続かない。数日もすると日常に戻りたくなるものだ。平和で暮らし易い日常があるからこそ、人は珍しい光景に心惹かれるのであろう。

「焦るでない。この夏の間に捜せとは申さぬ……」

周防守の言葉をありがたく受けようと思ったが、来年の夏まで持ち越しには出来なかった。

雲を摑むような話だが、公儀が全力を傾けて検証した結果が、確かに神君家康の命によって、軍用金は佃島東南の沖合に沈められたとある。

将軍・家斉は、表向きに宝捜しをしたくないゆえに、武芸帖編纂所に密かに託した。それほど期待はしていないのかもしれぬが、それでも、今日は見つかったか、明日は見つかるか、内心では気になっているはずだ。

鷹之介は我に返った。

——ふふふ、浦島太郎になっていたようだ。

遊山気分ではいけない。早くひとつを片付け、水術を会得した上で、また新たな武芸帖を編纂せねばならぬのだ。

自分自身も潜水に慣れてきたゆえ、海底に異変があれば目視出来るであろう。

気合を入れ直して、お光、三右衛門、大八と共に宝捜しに励んだ。

太い竹筒の先にガラスをはめ込み、船上から水に浸けて中を覗く、などという技法も駆使したが、なかなか成果は上がらなかった。

若さゆえに無邪気さを露呈してしまった鷹之介は、若さゆえの焦燥《しょうそう》にかられ始めたのであった。

七

「そろそろ岩蔵殿の体も元に戻った頃ではござるまいか」

船宿の一間で水軒三右衛門が言った。

「そうじゃのう」

松岡大八が相槌を打った。

「あの先生がいなされば、頼りになりますからねえ」

お光も神妙な表情を浮かべる。

「それは確かにそうなのだが……」

新宮鷹之介は低く唸った。

既に船宿に入ってから十日以上が経つ。

暦も、もう七月に入ろうとしている。

残暑はまだまだ厳しいが、秋になろうとする昨今、焦りは募り始めていた。

武芸帖編纂所には先日、明石岩蔵からの遣いが訪ねてきていた。

持参した文によると、岩蔵はすっかりと体調も元に戻り、

「また御役に立ちとうござりまする。何卒お見限りなきよう願い奉りまする……」

と、鷹之介に申し出ている。

体は元に戻ったものと思われる。

船の上に岩蔵がいれば、それだけで気分も変わる。

お光の働きも、岩蔵がいればさらに引き立とう。

それはわかるのだが、お光に対して覚えた逡巡がここでも湧きあがる。

武芸帖編纂所の力だけでは、なかなか思うに任せぬ仕事である。

支配の若年寄・京極周防守は、臨時雇いで編纂方が二人しかいない編纂所の内情は知っている。

鷹之介が中田郡兵衛を書役として、日雇いの扱いで置いたり、手裏剣術の富澤春、鎖鎌術の小松杉蔵などをその時々に呼んで、武芸帖に記された術の実践をしたり、あくまでも小回りの利く役所としていることに満足もしている。

この度の一件についても、鷹之介が己が才覚によって不足を補うであろうことは、承知の上と思われる。

しかし、六十を過ぎた明石岩蔵に、徳川家の秘宝を捜せと言えば、腰を抜かすのではないかと、鷹之介もさすがにためらってしまうのだ。

「このような大事を仰せつかるとは夢にも思いませせなんだ。この命をなげうち、必ずや秘宝の在り処を突き止めてごらんに入れまする……」

もちろん、岩蔵はたじろぎながらも、感激の体で引き受けるであろうが、又も張り切り過ぎて今度は本当に命を落してしまうのではないかと案じられる。

「悩めるところだな……」

鷹之介は苦笑した。気持ちは岩蔵を呼び出し、何もかも打ち明けた上で、最後に一花咲かせてもらいたい。そこに傾くのだが、心やさしき頭取はやはり逡巡してしまう。

まだ何も結果らしきものは出していない。

軍用金の伝説が本当かどうかはわからぬとはいえ、今ひとつ探索がはかばかしく進んでいない現状を思うと、岩蔵の助っ人は欲しい。

それでも鷹之介は頭を振った。

「いや、あの隠居のことだ。まだまだ本調子でないのに、気が焦って強がりを言っているのかもしれぬ。もう十分に隠居には力になってもろうた。沖之助殿の手を煩《わずら》わすことがあってはなるまい」

今はまだ自分達だけでことにあたってみようと鷹之介は言った。

お光がここにいるだけでも随分と心強いのだ。編纂所の務めに託けて秘宝の在り処を探せとの命なのだ。

編纂所として、出来る限りの手を尽くせば忠義も立とう。

お光には折れた鷹之介も、岩蔵の参加は見送った。

早くに父を亡くした鷹之介は、いがみ合ってはいても父親を案じる沖之助の姿を見ると、つい肩入れしたくなるのだ。

「左様でござるな。我らの勝手で、今は平穏な〝明石屋〟が、おかしなことになってはいけませせぬな……」

三右衛門は鷹之介の意思を理解して、畏まってみせた。

「ははは、これは我らもいささか弱気になり申したな。この編纂所の持てる力を余さず揮えばよいことでござりまする」

大八も三右衛門に倣った。

「そんなら、まずあたしに任せておくんなさいまし」

お光も力強く胸を叩いた。〝我ら〟の中に自分がいて、誰よりも頼られている達成感が、彼女をうっとりとさせていた。

明石岩蔵がいれば心強いが、とどのつまりは自分が潜らねば埒が明かないのだ。

遊山気分から一気に下降した士気は、再び盛り上がりを見せ始めていた。

すると、翌朝に〝川崎屋〟に、側衆・長妻伯耆守から遣いが来て、陣中見舞と称して、酒と黒砂糖に、薬である枇杷葉湯《びわようとう》などがふんだんに届けられた。

どれも気の利いた贈物で、鷹之介達は喜びつつも随分と面喰らった。

遣いの武士は、梶間頼三《かじまらいぞう》という伯耆守の家来で、先日武芸帖編纂所に伯耆守が訪ねた折にも同行していて、鷹之介とは既に面識があった。

梶間によると、伯耆守はあれから武芸帖編纂所を大いに気に入り、

「何か手助けができぬかのう」

と、口癖のように言っているらしい。

今は〝川崎屋〟に拠って、水術の編纂にいそしんでいると京極周防守から聞いて
「それならば、体も疲れよう。酒と甘い物、精が出る薬などを届けよう」

と、遣いをやったというのである。

周防守が、ここでの水術編纂について、秘宝探索を兼ねてのものだとまで言ったかどうかは、梶間の話しようではわからなかったが、二人の間でそのような会話が交わされたのは確かであろう。

先日、秘宝探索について、諸々用意が完了したと報せに上がった折、周防守の口から長妻伯耆守についての噂を聞かされたばかりであるから、それも頷ける。

或いは、将軍の側近くに仕える伯耆守であるから、彼にはこの度の役儀の真相についても、既に話が伝わっているとも考えられる。

伯耆守は如才《じよさい》なく、そっと下の者を引き立てることで知られている。

鷹之介は、ありがたくこれらを収め、梶間頼三には丁重に御礼言上を託《ことづ》け、心付を手渡した。

少し澱んでいた気が、これで幾分晴れた。

武芸帖編纂所の面々は、再び船に乗り佃島東南の沖合に漕ぎ出した。

「どうやら時折、様子を見に来てくだされたようですな」

船上で三右衛門が言った。

「見に来てくだされた？」

小首を傾げる鷹之介であったが、

「三右衛門もそのように思うていたか」

艪を操る大八がそれに応えた。彼の操船はもう船頭並の腕になっている。

「このところ、何やら人に見られているような気がしておりました」

大八はこともなげに言うが、鷹之介はこのところ海の秘密についてそればかり考えていたゆえか、その人目に気がつかなかった。

さすがは三右衛門と大八である。どんな時にでも、五感を研ぎ澄ましているのである。

鷹之介は恥ずかしくなり、うん、うんと頷いてみせ、

「伯耆守様が、そっと人を遣り、まず我らの働きぶりを見させた上で、相応しい進物をくだされたのじゃな」

己が不心得を取り繕った。

「相当疲れていると思われたようですな」

「甘い物や、薬草など、真に気の利くお人でござるな」

「出世する者は、こうでなくてはならぬのじゃな」

「いかにも」

「だが、ひょっとすると、我らの思い違いであったかもしれぬ」

「長妻様の手の者ではなかったと申すのか」

「うむ。その実は、お光を一目見て心奪われた男が、そっと覗き見ていた……」

「なるほど、その気持ちはようわかる」

「ちょいと両先生、からかわないでおくんなさいまし」

三右衛門と大八の無駄口にお光が噛み付く。

活気に充ちた船上に、この日は覚内が同乗していて、健康的な色香を放つお光を眩しげに見ていた。

武芸帖編纂所は、新たに士気を高めて沖へ出た。

小姓組番衆から閑職に追いやられたと思っていた鷹之介であったが、編纂所は明らかに、将軍家斉の密命をも帯びる、特殊な機関になってきている。

その充実が、泳げなかった鷹之介をたちまち海の男へと変貌させた。

しかし、今何げなく三右衛門と大八が、人に見られている気がしたと言ったことが、鷹之介の胸を騒がせていた。

そっと様子を見て相応しい進物を届ける。

いかにも長妻伯耆守がしそうなことであるが、

――そうだとも言い切れぬではないか。

疑いを持つのも大事ではないかと思われたのだ。

――これが伯耆守の手の者でなければどうなる。

秘宝を探索する密命を帯びた自分達を、そっと見張る者がいたというのは、穏やかではない。

公儀が、武芸帖編纂所の働きぶりをそっと見守り、難あれば救いの手を差し伸べてやろうとしているのか。

それならばありがたいが、ありがたい反面、見張られているのは、頼りなく思われていることの裏返しであり、あまり気分のよいものではない。

三右衛門と大八は、泰然自若《たいぜんじじゃく》としている。

務めを果さんとすれば、何らかの障害や、不具合が立ちはだかるものである。

武芸者として隙を見せず、淡々とことに当ればよいのだと悟り切ったというところであろう。

真に見習わねばならぬと己に言い聞かせ、この日も鷹之介は秘宝を求め、ますます泳ぎの腕を上げていくのであったが、胸騒ぎの高まりは、なかなか抑えられないでいた。

八

「ああ、何だかつまらないねえ。おもしろくない……」

三味線芸者の春太郎は、冴えぬ顔で深川永代寺門前を歩いていた。

自前の芸者になってからは、気儘に座敷を務めていた。

二十歳を過ぎて、三味線の腕に磨きがかかる春太郎は、色気を売らずとも芸で生きていける。

そうなると、お座敷に上がる衣裳も、髪の結い方もさっぱりと地味めに装うようになった。

その方が万事楽であるし、小回りも利く。

何よりも、芸者の他に武芸者・富澤春の顔も持ち合わせている。

いざとなったら、いつでも存分に戦える姿でいたい――。

近頃はそんな想いが強くなってきた。

――ふッ、いざとなったら？　わっちにどんな〝いざ〟があるんだい。

今は亡き父親が角野流手裏剣術の師範で、その術を受け継がねばならぬはめになった。

以来、武芸帖編纂所頭取・新宮鷹之介に見出されて、この風変わりな役所との交《こう》誼《ぎ》が生まれた。

武芸などくそくらえだと思っていたが、ここへ出入りすると楽しくて、つい武芸者の顔をさらしてしまう。

三味線芸者の春太郎が、いつしか〝いざとなったら〟などという野暮な想いに支配され始めたのであるから、

――武芸帖編纂所の連中にも困ったもんだよ。

と、思わざるをえない。

何が困ったかというと、月に二度くらいは赤坂丹後坂を訪ねないと、手裏剣の腕

が鈍ったような気がして落ち着かないのだ。

行けば編纂所の面々は歓迎してくれるし、時には呼び出しを受けて、武芸帖に記された術の演武を頼まれることもある。

そんな時は、謝礼まで包んでくれる。

鷹之介は、

「よいのだ。この役所にはお上から下される金があるゆえ、収めておいてくれ」

手裏剣の師範に対して、僅かな礼しか出来ずにすまない、という顔をしてくれる。

そうなると春太郎も気分がよくなってきて、何かというと理由をつけて、覗いてみたくなるというものだ。

ところがである。

夏の間だけだとは思うが、先日から海女の小娘を編纂所に置き、洲崎で水術の稽古場を捜させておいて、その後はまったく何も言ってこない。

それで昨日は、

「ちょいと通りかかったものだから……」

と、武芸帖編纂所に立ち寄ってみたら、

「これは春先生……」

門番をしていた平助は、にこやかに応対してくれたものの、

「生憎、殿様は先生方とお出かけでございまして……」

何やら決まりが悪そうに言葉を濁したものだ。

「このところ、何やらお忙しそうになされておいでですね」

そう言われると、春太郎も詳しくは訊けない。

訊いたとしても、平助が口止めされていたら、さらに言葉を濁すであろう。

その時のどこか春太郎に対して申し訳なさそうにする顔は見たくない。

また、この自分にさえ教えてくれないのかという、不満が募るのも傍ら痛い。

こういう時は、訊かぬに限る、知らぬに限るのだ。

「そうかい。まあ、忙しいのは何よりですよ。そんなら平さんも大変だろうが、またよろしく頼みますよ」

さらりと告げて、編纂所を後にしたのだ。

だが、訊かぬに限る、知らぬに限ると、大人の女の分別をしてみたが、訊かぬ後悔と、知らぬ腹だたしさは胸の奥に残る。

座敷で三味線を弾いて、やんやの喝采を浴びていると気分も紛れるが、一人で三味線の箱を抱えて帰る夜道は、何とも侘びしくなる。

別に、誰に構ってもらいたいわけでもないし、話し相手が欲しいわけでもない。

それはそうなのだが、胸の奥をチクリと刺す悪い虫がいるのだ。

——まあ、こんな日もあるさ。

そもそも一年前までは、武芸帖編纂所など自分の目の前には影も形もなかったのだ。

父・富澤秋之助《あきのすけ》が、その手裏剣術によって悪徳商人を暗殺し、人知れず死んでしまった。

ところがその商人とつるんでいた旗本の私兵である梶田《かじた》某が、秋之助の死の真相を確かめんとして春太郎を襲った。

それを助けてくれた上に、角野流手裏剣術の相伝者として遇してくれたのが新宮鷹之介であった。

その折は、時に武芸帖編纂所に遊びにきて、あれこれ手裏剣術を教えてくれと言う鷹之介に、

「わっちには、武芸者より女芸者が似合いでございますから」

「遊びというなら、時に三味線を抱えてお伺いいたしましょう」

などと、恰好をつけた春太郎であった。

それが今は何ということか――。

いつしか編纂所に行って、手裏剣を打つのが楽しみになってきて、お呼びがないと拗《す》ねた気持ちになっている。

「ああ、わっちとしたことが、ついあの生真面目で堅物の殿様に調子に乗せられちまったよ」

ぶつくさと言いながら辿り着いたのは、小体な仕舞屋《しもたや》である。

家の裏手には三十三間堂の木立が続き、なかなか趣のある庵のような造作である。

遊芸の師匠が住むような家ではなく、絵や書の師が似合いのところなのだが、そもそもが、水軒三右衛門のお節介によって移り住んだ家であった。

鷹之介に助けてもらった折、

「そなたも武芸者の列に入る者じゃ。いつ危ない目に遭うかもしれぬぞ」

この先、打ち倒した者の逆恨みを受けて襲われることも考えられなくはない。

「騒ぎに巻き込まれた後は、ひとまず住処を替えておくに限る」

そう言って、半ば無理矢理に家を替えさせられたのだ。

助けられたとはいえ、武芸帖編纂所とはそれなりに間を空けるつもりが、まず三右衛門のお節介ですぐにその間は縮まった。

三右衛門とは、飲み比べをして相討ちに倒れた仲であり、あれこれうるさいことを言われても不思議と聞いてしまう。

そしてこれは新宮鷹之介の意向でもあるわけで、

「まさか何者かがそなたを襲うとも思われぬが、当方としても一流の道統を継ぐ方々の身を御守りせねばならぬ。宿替のかかりは役所で持つゆえ、水軒三右衛門の言うことを聞いてもらいたい」

そう言っていると聞けば、そこは女の独り暮らしである。気遣いが嬉しくて、黙って言われるがままにしたのである。

――そういう付合いにもっていったのは、編纂所の方じゃあないか。わっちに内緒で編纂を進めるとは、気に入らないねえ。

今頃は、あの海女の小娘を師と崇めて、どこぞの海辺で水術談義に花を咲かせているのだろうか。

家へ帰って三味線の箱を置いて浴衣に着替えると、座敷での振舞酒をいささか飲み過ぎたか、酔いが回ってきた。

戸閉まりをして、そのまま布団に入ったのだが、春太郎は眠れなかった。

どうも、誰かに見張られている気配がするのだ。

その嫌な緊張は、家へ入るまでにも覚えていた。

武芸者としてだけではない。

男勝りと気風のよさを売りにする辰巳芸者の中でも、春太郎は暴れ者で通っている。

自前の芸者になってからは、客の好き嫌いをはっきりとさせてきた。武芸者としての自分を意識してからは、尚のこと言いたいことを言ってきた。

中には、春太郎は何様だと怒り心頭に発した者もいただろう。

「男の中には、女であっても容赦のない馬鹿者がいる。気をつけることじゃな」

三右衛門にそう言われて、春太郎は日々気を張っていた。

針状の手裏剣は、どんな時にでも五本は身につけるようにしている。

そして、武芸帖編纂所の武芸場に出入りするうちに、彼女はあらゆる〝気〟に対して鋭敏になった。

ただ、彼女は自分に武芸者としての才が生れながらに備わっていたことに、なかなか気付かずにいた。それゆえ、今宵自分の五感を襲う緊張が、外敵に対する反応であると気付くまでに、やや時を要した。

眠気に襲われながらも、いざ布団に入ると眠れない。それこそ、身に殺気が迫っている証であった。

春太郎は、棒手裏剣を髪と帯に素早く十本ばかり差すと、そっと布団を出て押入れに姿を隠した。

九

やがて、仕舞屋の奥にある春太郎の寝間に、三人の黒い影が忍び入ってきた。

戸閉まりをしたというのに、影は巧みに戸を外し、音もなく忍び入ってきたのだ。

しかし、影が抜刀し春太郎の布団を囲んだ時。

当の春太郎は、家の外の三十三間堂裏の木立の中に身を潜めていた。

春太郎の押入れには、

「危ないことが身の周りで起きたならば、この押入れから外へ出よ。これに仕掛けを施してあるからな」

と、三右衛門に言われた。押入れの内部には、外へ抜け出る仕掛戸が備っていた。閂《かんぬき》を外すと壁の一部が戸として開き、外へと出られるのである。

春太郎が、楠の陰から家の様子を窺うと、家の裏手の雨戸は外されていた。

そして、やがて春太郎がいないことに気付いた三つの影が、慌てて出てきた。

「逃げられたか……」

「油断ならぬ奴じゃ」

耳を澄ますと、そのような会話が聞こえてきた。

春太郎は、確と手に手裏剣を持ち、いつでも投げ打つ構えを見せる。

いっそ次々と打ち、この場で倒してやろうかとも思ったが、相手は三人である。

腕のほどもわからない。

二人まで倒したとして、三人目を外したら、こっちの不利となる。

また、後の処理が面倒でもあった。

あれこれ考えていると影は何処へともなく駆け去った。連中もまた、家にいると確信して押し入ったものの、まんまと逃げられていたことに恐れを覚えたのであろう。

後を追おうかと思ったが、それも危険だと諦めた。

ただ、長身痩躯《そうく》、小太り、偉丈夫《いじょうぶ》の三人の特徴と、偉丈夫の右頬に大きな切り傷があることだけは目に焼き付けた。

三右衛門のお節介が役に立った。〝いざという時〟は、思わぬ形ですぐにやってきたのである。

――あいつら、いったい何者なんだ。

木立の中で溜息をついた時、ぬっと背後に一人の武士が現れた。

春太郎は、手裏剣を構えたが、

「おいおい、打つではない。おれだ……」

応えたのは、鎖鎌術の名人で、伏草《ふしくさ》流道場の師範代を務める小松杉蔵であった。

「何だ、杉旦那か。脅かすんじゃあありませんよ」

二人は、武芸帖編纂所の武芸場で時折顔を合せているので、既に顔馴染である。

「いや、このところ武芸帖編纂所が、何やらよそよそしいのでな。辰巳へ出てそなた相手に飲もうかと思うて出てきたのだ」

「わっちはとっくにあがらせてもらいましたよ。何をしていたんですよう」

「それが、堀端で何者かに襲われてな」

「襲われた？　杉旦那が……」

「ああ、それで追い払うのに手間取ってな……」

今宵は鎖鎌は持参していなかったものの、刀法にかけてもなかなか腕が立つ杉蔵のことである。永代橋近くの川端で襲われたが、見事に切り抜け、人通りの多い盛り場に逃げ込み大事には至らなかった。

「なかなかの手練《てだ》れで胆を冷やしたぞ。それで、まずそなたを訪ねて、その手裏剣で助太刀をしてもらおうと思うて訪ねてきたのだが……」

「何が助太刀ですよう。わっちを巻き込まないでおくんなさいまし。こっちも今、大変だったんですから……」

春太郎があらましを語ると、

「何だと？　それでこんなところにいたのか」

杉蔵は目を丸くした。

「こいつは妙だな……」

杉蔵は、ここ数日何者かに見張られているような気配を感じていたと言う。

それが春太郎もまた襲われたとは——。

「何やら気味が悪うございますねえ」

「まったくだな……」

二人はとにかく一緒に行動をすることにした。

まず駆け込めるところはただひとつ。

武芸帖編纂所であった。

そこなら安全であろう。編纂方でもない二人であったが、どちらが言い出したわけでもなく、気がつけば赤坂丹後坂に足が向いていた。

それにしても——。

今宵の夜風は妙になま温かい。二人の緊張は見えぬ敵を迎え、ますます高まりをみせていた。

第四章　水上決戦

一

赤坂丹後坂の武芸帖編纂所は、張り詰めた気で充ちていた。

側衆・長妻伯耆守から見舞の品が届けられ、士気が高まったものの、水軒三右衛門が、

「どうやら時折、様子を見に来てくだされたようですな」

と、伯耆守の気遣いをありがたがり、

「このところ、何やら人に見られているような気がしておりました」

大八もこれに相槌を打った。

人の気配に敏《さと》い二人ならではのことだと、新宮鷹之介は感じ入ったものの、

——上様からの秘事を務める者として、そういう気配を察することができなんだとは、恥じ入るばかりだ。

と、すぐに反省をした。

船宿〝川崎屋〟に泊り込んで秘宝を探索する方が何かと便利であったが、

——そういうところに油断が生じるのだ。

役儀に対する想いも新たに、武芸帖編纂所としては、赤坂丹後坂の役所から少々大変でも自らは日々通うことにした。

その際、三右衛門、大八、お光は船宿に残留させようとしたが、

「何の、我らも従いまする」

三右衛門は、若き頭取の考えを尊重し、どこまでも行動を共にすると誓った。

大八、お光にも異存はない。

そうして、夕方まで海に潜り、日が暮れると船宿から芝口まで船に乗り、そこから編纂所に戻った。

体は疲れていたが、務めに対するやる気は、かえって心身を充実させてくれた。

やはり武芸帖編纂所の役儀とは、こうあるべきだ――。

鷹之介は、隣接する屋敷へはすぐに戻らず、一旦編纂所に入り、屋敷から槇とお梅を呼び出して夕餉の仕度を頼み、皆で膳を囲んだ。

そうしてあれこれ編纂所で評定《ひょうじょう》した後、屋敷へ戻り就寝したのだが、まどろんだところで、鷹之介は再び編纂所からの呼び出しを受けた。

春太郎こと富澤春と、小松杉蔵が俄に訪ねて来たというのだ。

何ごとかと駆けつけると、二人共に何者かに襲われたとのこと。

編纂所はたちまち不穏な緊張に襲われたのである。

春太郎は寝込みを襲われ、杉蔵は永代橋近くの川端を歩いているところを手練れの男達に斬り付けられたらしい。

春太郎も杉蔵も思い当る節《ふし》はないというから気味が悪い。

二人は、身の安全を考えて迷いなくここまで一緒に駆けてきたというのだが、春太郎と杉蔵を繋ぐものは、

〝武芸帖編纂所に、出入りしている者〟

であった。

「よくぞ来てくれた……」

鷹之介は、二人が難を逃れたことを喜び、その機転と腕のほどを称えた。

その時は三右衛門が、

「見よ、春太郎。宿替えをしてよかったであろうが」

押入れの仕掛けが役に立ったのならば何よりだと悦《えつ》に入ったのは言うまでもないが、武芸場に寄り集まり二人を迎えた一同の胸には、ある疑念が湧いていた。

折しも武芸帖編纂所では、二万両あるかもしれぬという秘宝を探索している最中であった。

たとえば、それをどこかで嗅ぎつけた者がいて、武芸帖編纂所の行動に目をつけていたとすれば――。

考え過ぎかもしれないが、そんな想いが頭を過るのだ。

人の顔色を見てとることにかけては、春太郎の感性は鋭い。

「ちょいと鷹旦那。このところお見限りだと思っていたら、何やらおかしなことをしておいでじゃあないんですか？」

さらりと言って、少し詰《なじ》るような目を向けたものだ。

これには杉蔵も思い当る節があり、

「某も姐さんも、編纂所の者ではござらぬが、一味の者と思われても仕方がない……。まあ、この杉蔵は厚かましく出入りさせて頂いておりますゆえ、むしろそう思われるのが誇りと心得ておりますが、何か事情があるのなら聞かせてもらいとうござりまするな……」

と、鷹之介を真っ直ぐに見た。

鷹之介は、春太郎と小松杉蔵を交互に見て頷いた。

手裏剣術と鎖鎌術の師範として、二人が武芸帖編纂所にもたらしてくれた功績は大きい。

この武芸場を気に入り、何かというと覗きに来てくれる、ありがたい仲間であると思っている。

「両先生にしてみれば、何やらもどかしゅう思われたかもしれぬな。二人のことゆえ余さず伝えよう。確かに今、我らはおかしなことをしているのだ……」

鷹之介は、武芸帖編纂に託けて秘宝を求め日々海に出ている現状を、余さず語った。

春太郎も杉蔵も、思いもかけぬ秘事を報され、一瞬ぽかんとした顔をしたが、やがて杉蔵が声を立てて笑い出した。

「なるほど、それで日々海へ漕ぎ出しているわけでござるな」

杉蔵は、こういう話を受けて、生真面目に水術編纂に取り組む新宮鷹之介とその一団の姿が実に頬笑ましく映って、

「いやいや真に御苦労なことでござりまするな。某も御供しとうござった」

心からそう思ったと言うのだ。

「御供をしとうござったじゃと？　今からでも遅うはないぞ」

「おぬしは、泳ぎの方は達者なのか？」

三右衛門と大八は、これまでの苦労も知らず、どこか物見遊山に行くような物言いをする杉蔵を咎めるように見た。

杉蔵はこういう会話を楽しむように、

「泳ぎは達者か？　ははは、これでも船の上で鎖を放つ術にはいささか覚えがござってな」

と胸を張った。

相手の船の舳先に鎖を絡め、ぐっと引き寄せ鎌を打つなど、どこでも鎖鎌が使えるように稽古を重ねたそうな。

「なるほど、それもまた水術のひとつかもしれぬな」

大八は少し疑いの目を向けつつ、

「だが誤って船から落ちた時はどうなる」

「はて、それは、その場になってみねばわかりませぬよ」

どうやら、泳ぎについては怪しいものだ。

初老の武芸者達の会話は、先ほど杉蔵と春太郎が襲われたことなど忘れさせるほど、無邪気で屈託《くったく》がない。

こういう男もいるものかと、珍しげに見るお光であったが、それを尻目に、

「ちょいと、今は武芸談義などよしにしておくんなさいな」

春太郎が口を尖らせた。

「こっちは寝込みを襲われたんですからねえ」

「うむ、そうであったな」

思わず杉蔵の話に聞き入ってしまった鷹之介は、苦笑いを浮かべて、

「このような時に、両先生が襲われたというのは実に気にかかるな」

低い声で言った。

武芸帖編纂所に出入りしている二人が同じ夜に襲われた。

それがどうも気持ちが悪くて、杉蔵と春太郎は編纂所に駆け込んだのだ。

すると、編纂所では秘宝を見つけ出さんとして、密かに動いていた最中だと言う。

さらに、三右衛門と大八は誰かに見張られていたような気がしていたのである。

「これは、ひょっとしたら、わっちは大変なことに巻き込まれちまったってところですかねえ」

春太郎は顔をしかめてみせると、相変わらずぽかんとしてこのやり取りを見ているお光に、

「あんたもだよ……」

と、神妙に頷きかけた。

「そうなのかい？」

お光には何が何やらわからない。

しかめっ面がまた色気のある春太郎と、ぽかんとした表情が愛らしいお光を、鷹

之介は花を愛でるように眺めると、

「大変なことかどうかは、様子を見てみねば何とも言えぬが、この新宮鷹之介が一命をかけて、春先生をこの先危ない目には遭わさぬ。窮屈かもしれぬが、埒があくまでは杉殿とここに逗留《とうりゅう》してくれぬかな」

誠意を込めて威儀《いぎ》を正した。

――またこれだ。

春太郎は内心舌打ちをした。

どんな恨みごとを言ってみたって、この若殿に真顔で頷かれると、こっちもにこやかに頷き返すしかないのだ。

ここは辰巳芸者の気《き》っ風《ぷ》と、武芸者としての余裕を見せねば、

――女がすたる。

という気になってくる。

「まあ確かに、わっちも杉旦那も、その件に巻き込まれたかどうかはわかりませんからね。そんならまあ、埒があくまでちょいと厄介になりますかねえ。言っときますが、巻き込まれるのが迷惑ってえんじゃあないんですよ。お蔭で押入れの中のか

らくりも初めて使えたし、海に潜ってお宝を捜すなんて、なかなかおもしろそうな話じゃあありませんか。何ならわっちもお手伝いしましょうかねえ。といっても、海女の姉さんみたいに泳ぎはできませんけどねえ」

春太郎は、つい能弁になって話に乗ってしまうのであった。

「うむ！　さすがは姐さんだ！」

まず応えを返したのは、鷹之介ではなく杉蔵であった。

「このところは、この武芸場にはなかなか来られずにいたゆえ、ちと寂しい想いをしていたが、姐さんとここで腕を揮《ふる》えるとは、ほんにおもしろうなってきたわ。頭取、この小松杉蔵が参ったからにはどうぞご安心のほどを……」

自分が襲われてここへ逃げ込んできたというのに、ご安心をとはふざけている。

だが春太郎も杉蔵も、鷹之介から真実を打ち明けられた興奮と、三右衛門、大八と共にいる安堵が相俟《あいま》って、何故か知らねどじっとしてはいられなかったのである。

二

武芸帖編纂所にひとまず身を寄せることになった春太郎と小松杉蔵であったが、新宮鷹之介はあれこれ決断を迫られた。

この間にも秘宝探索は続けねばならなかったが、二人を襲ったのは何者であったかも調べねばならなかった。

杉蔵が、伏草流鎖鎌術・伊東一水《いとういっすい》道場の師範代を務めていることは、既に述べた。

一水は本来草団子屋の隠居で、鎖鎌術に傾倒し、遂に道場を開設した。

道楽のようなものゆえ、遣い手の小松杉蔵に稽古は任せて、自分は時に稽古場に顔を出し悦に入っている穏やかな老人である。

ゆえに、杉蔵が伊東道場絡みで襲われたとは考えられぬが、杉蔵にしてみれば、自分は少々危ない局面に出くわしても、鎖鎌さえあれば何とか切り抜けられるであろうが、もしも一水に累《るい》が及ぶようなことがあっては大変だと案じられる。

編纂所に身を寄せ、自分だけが安全を貪《むさぼ》っていては胸が痛む、念のため一水の身辺にも注意を払っておきたかった。

春太郎は、腕の好い三味線芸者であり、彼女を贔屓にする客も多い。ここから出られないとなれば商売あがったりである。

住まいは再びどこか他に見つければよいのであろうが、いつまでも編纂所にはいられないのである。

鷹之介は生真面目ゆえ、その辺りの事情をすぐに把握出来たし、早く片付けてやらねばならぬと気が焦る。

未だ宝の在り処を突き止めていないという焦りも一方にはあるが、翌日は宝捜しを一旦取りやめ、水軒三右衛門を密かに四谷伝馬町《よつやてんまちよう》へ遣《や》って、火付盗賊改方《ひつけとうぞくあらためかた》で差口《さしぐち》奉公をしている儀兵衛《ぎへえ》に動いてもらった。

差口奉公とは、町奉行所でいうところの岡っ引き、目明かしといった手先を務める者である。

彼は既に鷹之介とも馴染であり、何度も武芸帖編纂所のために働いている。

そもそもは三右衛門に命を助けられた博奕打ちで、その後、三右衛門の口利きで差口奉公を務め、火付盗賊改方で重用されるまでになったのだが、儀兵衛は鷹之介に惚れ込んでいる。

常々、赤坂丹後坂を気にかけているだけに、三右衛門のおとないを喜んだ。

三右衛門は、秘宝のことまでは語らなかったが、編纂所に出入りしている二人の受難ゆえ、表沙汰にせずにそっと調べておきたいのだと告げた上で、

「大沢要之助《おおさわようのすけ》殿と繋ぎをとってもらえぬか」

と頼んだ。

大沢要之助は、火付盗賊改方の同心で、新宮鷹之介の剣友である。

まず伊東一水の身に異変がないか見守ってくれるよう頼み、後顧《こうこ》の憂いを取り除いた上で、儀兵衛と諮って深川での襲撃について相談をしたかったのである。

要之助は儀兵衛を遣りつつ、その日のうちに微行で新宮家の屋敷に鷹之介を訪ねてくれた。

「いやいや、すまなかった。二人共、武芸帖編纂所とは浅からぬ縁のある者でな。それぞれ襲われたとなれば捨て置けぬ。我らも時には、表沙汰にできぬ調べものをするゆえ、それらに関わることとなると、心してかからねばならぬのだ」

鷹之介の言葉に、要之助はいちいち頷きつつ、

「お察し申し上げます。ひとつの役所の長となれば、あれこれ気遣わねばならぬこともござりましょう」

深くは問わず労るように言った。

その上で、要之助が深川の一件について語るには、

「御両所が襲われたという日は、他にも何件か切取強盗の類《たぐい》が出没していたようです」

であるそうな。

いずれもいきなり襲われて、懐の財布を奪われた後、縛められ物陰に捨て置かれていたという。

被害に遭った者は、武士、町人など様々で重傷を負った浪人は金貸しで、かなり腕に覚えがあったそうだが、未明に堀端の繁みで倒れているところを発見された時は、

「相手は三人組で、相当な手練れ。不覚をとり申した……」

と、嘆いたのであった。

杉蔵が襲われたのも三人組で、不意を衝かれて己が不利を咄嗟に悟り、

——これは逃げるに限る。

彼は迷わずその場を逃れた。

この辺りが一流の武芸者である。余の者とは違い、己が置かれた状況を瞬時に判断出来るだけの経験を備えている。

それでもそんな状況であったし、辺りは闇に覆われていたこともあり、杉蔵は不覚にも三人の顔や特徴までは覚えていなかった。

「何しろ、おびただしい殺気が漂っていたので、某もさすがに恐ろしゅうなって、しばしの間、材木置場の陰に潜んだ後、春先生に助けを求めに行ったというわけでございましてな……」

ところが、その潜んでいた間に、春太郎は襲われたようだ。

三人組に遭遇してしまった者達の話をまとめると、男達の特徴は、〝長身痩軀〟〝小太り〟〝偉丈夫〟で、図体が大きな一人の顔には大きな切り傷があったという。

これは、まさに春太郎がそっと窺い、頭の中に焼き付けた、賊三人の特徴と一致する。

「う〜む……」

話を聞いて鷹之介は低く唸った。

小松杉蔵と春太郎が次々に襲われたというので、武芸帖編纂所絡みかと思われたが、そういうことならば、二人が三人組の切取強盗に、たまさか遭遇したのかもしれない。

春太郎が寝込みを襲われたのは奇怪であるが、彼女は世間で売れっ子の三味線芸者で通っている。家に金がありそうだし、大酒飲みとなれば、寝込みを襲うのは容易《たやす》かろう。

考えてみれば、春太郎が手裏剣の達人であると知る者はほとんどいないのである。

春太郎は用心深いゆえに、紙入れなどは枕元に置いているから、逃げ出す時には棒手裏剣と共に持ち出していた。

要之助が念のため春太郎の家を調べてみると、金目の物は一切なかったという。

しかし春太郎の話では、角火鉢の引き出しにお座敷に出た時もらった祝儀を入れたままになっていたので、これが盗まれていたことになる。

となると、やはり武芸帖編纂所絡みではないのかもしれない。

さらに、小松杉蔵はこのところ四谷鮫ヶ橋《さめがはし》坂の道場を住処《すみか》としていたのだが、隣家の火事に巻き込まれ一部が類焼したので、改修普請《ふしん》のため、今は深川の北森下《きたもりした》町《ちょう》の紙問屋に寄宿していた。ここの主人が武芸道楽で、ほどがよくて調子の好い杉蔵を気に入っていた。

そんな状況であるから、杉蔵はこの家を根城にして、毎夜のように深川の盛り場をうろうろとしていたらしい。

そのうちに、春太郎が深川に三味線芸者で出ていたと思い出し、彼女の姿を求めるうちに、件《くだん》の三人組に襲われたのだ。

となれば、ますます偶然に切取強盗に遭ったと考えられた。

話を聞くと、春太郎は、

「なんだ。そんな話なら、わっちは鷹旦那にとんだ厄介をかけちまったってことになりますねえ」

頭を掻いてみせ、

「あの火鉢の祝儀をやられちまったのは不覚でございましたよ」

大いに悔しがったものだが、三人の賊はとにかく春太郎の住処がわかっているのだ。

物盗りなら同じところにのこのこと現れることもあるまいが、相手が何者かわからぬうちはどうも気持ちが悪い。

「ひとまずは編纂所で暮らせばよい」

鷹之介はそのように勧め、杉蔵も同じく逗留することになった。

伊東一水については要之助と儀兵衛が、怪しい奴が現れないか気を配っておくと胸を叩いたし、まずは一安心であった。

編纂所の用心のためにも、春太郎と杉蔵が泊り込むのは都合がよい。

そもそも編纂方が増えた時のために、編纂所には御長屋があり、部屋数にはまだまだ余裕があるのだ。

「真に忝い。この礼はそのうち必ず……」

鷹之介は、剣友の厚意に謝し、儀兵衛と共に心付《こころづけ》を手渡して、一旦別れた。

「思いもかけず手間取った……」

鷹之介は、足かけ二日をこの騒動でふいにした。

それがまた新たな焦りを生んだ。

また、深川での一件は三人組の切取強盗の一連の仕業であると知れたが、依然この三人は捕えられていない。

初めから、春太郎と杉蔵を狙ったものの、それでは武芸帖編纂所との関わりを指摘される恐れがあるゆえ、わざと他にも強盗を行ったのではないかと考えられはしないか――。

いざという時に、春太郎と小松杉蔵が編纂所に合力をすれば、手強い二人だけに面倒なことになる。

まず不意を衝いて、各個消し去ってしまえば後の仕事が楽になる。

そう考えての襲撃であったかもしれぬ。

鷹之介の疑念はどうしても晴れなかった。

ただの思い過ごしかもしれない。だが鷹之介は、三右衛門、大八のように、その場がきた時に考えればよいという大胆不敵さが、まだ備わっていなかった。

自分のような若輩者は、考え過ぎくらいがちょうどよいのだと、日頃から心得ていたのである。

「頭取はやはり、お宝を狙う者がいるとお考えで」

三右衛門はそんな鷹之介の心の動きを読んで、そっと告げた。

「三殿は、いらぬ取りこし苦労だと思うかな？」

「いえ、頭取の疑念には大いに頷けるものがござりまする。と申して、これを御支配に訴え出るわけにも参りますまい」

そして静かに応えた。

「うむ。その通りじゃな」

鷹之介は、煮え切らぬ自分を恥じ入るように応えた。

たとえ自分の疑念が当っていたとしても、若年寄・京極周防守に、応援を要請することも出来まい。

その時点でこの任務は、武芸帖編纂の陰でそっと秘宝を探るという命題から外れてしまう。

春太郎と杉蔵を襲った三人組が秘宝を狙う者の一味であったとしても、春太郎と杉蔵は武芸帖編纂所の吏員ではない。

一役所として、正式な役人でない者が襲われたとて、助けを求めること自体が筋違いであろう。

ましてや、公儀の密命は、鷹之介率いる武芸帖編纂所が持つ戦闘力を見込まれてのものなのだ。助けを求めるのは不本意ではないか。

「そうじゃな。三殿、考えたとして詮なきことであった。何者かが我らが求むる宝を狙《ねろ》うているならば、そ奴らを斬り伏せて我らが宝を手に入れるまで……。そうであったな」

鷹之介は、三右衛門、大八、お光を屋敷に呼んで、

「皆の命を預けてくだされ」

と、改めて己が想いを伝えた。

三右衛門は元より、言わずもがなのことだと、大八、お光は畏まってみせた。

暦は、いよいよ秋となっていた。

三

再び宝捜しに戻った鷹之介達であったが、深川の不可思議な出来事が、盛り上がっていた武芸帖編纂所の勢いに水を差す形となったのは否めない。

これを機に、新たな探索の仕方を考えねばならないと、編纂所の面々は考えてい

た。

となれば、まず頭に浮かぶのは、やはり明石岩蔵であった。

体調を悪くしてからもう何日もたっている。

岩蔵を復帰させることも難しくはなかろう。

しかし鷹之介は、岩蔵の体を思い、明石屋で日々まっとうに暮らす沖之助、お仙夫婦を慮《おもんぱか》り、老師の復帰を思い切ったのだ。

それではならぬと、自分に言い聞かせていた。

三右衛門、大八、お光にしてみても戻ってもらいたいのはやまやまであるが、鷹之介の想いを察すると、皆一様に口には出せなかった。

「何としても我らの力で捜し出そう」

鷹之介の一途《いちず》な想いに応えて、お光は鷹之介に止められるまで海に潜ったし、大八は艪を漕ぎ続け、三右衛門は懸命に命綱を操った。

夜明けと共に鉄炮洲へ出かけ、日が暮れると赤坂丹後坂へ帰る暮らしも変わらなかったが、この度は何者かに見張られてはおらぬか、怪しい者が辺りにおらぬかに神経を尖らせた。

そうして探索を再開した二日目のこと。

編纂所に戻ると、番を務める平助から来客があるといわれた。

もう二刻近くも待っているらしいが、留守を務める春太郎と小松杉蔵が、その客なら頭取から話を聞いているから話してみたいと、客を武芸場に招き上げたそうだ。

そして平助もその名は聞き覚えがあった。

客は、明石岩蔵、その人である。

「左様か。体が元に戻ったと申し出たのに、音沙汰がないゆえ、しびれを切らしたか……」

鷹之介は苦笑いを浮かべたが、武芸帖編纂所を一人で訪ねてきた岩蔵がいじらしくなっていた。

三右衛門、大八、お光の表情も、ぱっと明るくなった。

「まあ、訪ねてきたとなれば、会わねばならぬな」

鷹之介は、岩蔵を引き留めた春太郎と杉蔵を、

「居候のくせに、もう我が物顔にいたしておるわ」

などとこき下ろしつつ、その機転をありがたがった。

二人には、水術に関わるこれまでの経緯を話したが、その中に登場する明石岩蔵に興をそそられていたのであろう。

それと共に、体を壊して前線から撤退を余儀なくされた岩蔵を哀れに思ったのだろう。

鷹之介が、心の奥底では岩蔵の復帰を望んでいると、二人共に察していたのだ。

――まずそれが出過ぎた真似なのだ。

怒りつつ、鷹之介の体は軽やかになり、武芸場で岩蔵の顔を見ると、自ずと笑みも出た。

「これは先生。具合はもうすっかりとようなられてござるかな」

「その節は、御役に立てませいで、面目次第もござりませぬ」

岩蔵は、鷹之介の顔を見るや、丁重に頭を下げて畏まった。

「先生がおらぬと何やら物足りぬが、体は二つないのだ。白浪流を残すためにも、その身を大事にしてもらいとうござる」

鷹之介は、まずそう言って無理を控えるように説いた。

「ありがたき幸せにござりまする……」

岩蔵は、早や真っ黒な顔を涙で濡らした。

この日は白い帷子《かたびら》に袴を着し、脇差を腰に帯びていたが、黒い顔と薄闇が漂う武芸場にあって、帷子の白が際立っている。

釣道具屋の隠居であっても、やはり武士である自分を、いつまでたっても捨てられぬようだ。

鷹之介の言葉を武士として受け止め、涙を浮かべているのだ。

「されど、海に潜らねども、御役に立てることとてあるかと存じまする」

「なるほど。それもそうじゃ。ならば問い申さん」

「何なりと……」

病み上がりの岩蔵の顔に精気がみなぎってきた。

「我らは今、水術編纂の傍らで、海の底に落ちてしもうた物を捜している。されどなかなかに難渋《なんじゅう》していて、ことが上手く運ぶ秘策はないか思案をしておりまする。既に秋となり申した。何かよい手立てはござるまいか」

鷹之介は穏やかに語りかけるように問うた。

岩蔵は目に光を湛えて、

「秘策というほどのものにはござりませぬが、日が迫り刻を惜しんで探索に当るのであれば、〝水松明《みずたいまつ》〟などを使うてはいかがかと……」

力強く応えた。

「水松明か……」

鷹之介は相好《そうごう》を崩した。

三右衛門、大八、杉蔵、書役の中田郡兵衛は皆一様に、

「なるほど……」

と頷いた。

水松明は、竹筒に火薬を詰めたもので、水に潜らせても火が消えない。

かつて剣聖・上泉《かみいずみ》伊勢守《いせのかみ》が書に記しているので、武芸者達は水松明の存在を知ってはいたが、一度も使ったことがなく、考えが及ばなかったのである。

「確かに水松明があれば便利でござるな。とは申せ、その拵え方は……」

「わたしにお任せくださりませ」

「拵えてくれますかな」

「ははッ。さらに道具がござりまする」

「それはいったい……」

「鰭《ひれ》でござりまする」

「ひれ？　魚にある、あれかな？」

「いかにも。これに見立てた物を足に着けるのでござりまする。使い方次第では、魚のごとく、滑らかに潜れまする」

竹の熊手《くまで》のような物に布を張り、草鞋《わらじ》に装着する。それを両足に履《は》いて海に潜ると、実に楽に泳げるのだと岩蔵は言う。

「いや、これは驚いた。そのような物を考え、拵えていたとはのう」

鷹之介は、足ひれと聞いて笑いが込み上げてきた。魚に着想を得て、それを黙々と拵える岩蔵の姿が思い浮かんで、何ともおかしかったのである。

それは皆一様に同じで、

「それを拵えている時、家の者達はどのような顔をしていたのでござるかな」

三右衛門がニヤニヤとして訊ねた。

「それはもう、おぞましい物を見るような顔をしてござった」

その時のことを思い出したのか、岩蔵は首をすぼめた。

「ははは、それは残念！」

大八が豪快に笑った。杉蔵も腹を抱えながら、

「笑うてはなりませぬな。お許しくだされ、なかなか名人というは、世に認められぬものじゃとつくづく思われてなりませぬ」

「いや、これは忝い。足ひれはなかなか力を出すというに、釣道具屋で勧めてみても、見向きもされませなんだ。とは申せ、これを使いこなせる者はなかなかおりませぬが……」

困った表情の岩蔵の様子に、緊張に包まれていた編纂所の中がすっかりと明るくなっていた。

「ならば、これから岩蔵先生を送りがてら、店でその水松明と足ひれを見せてもらいましょうぞ」

鷹之介が真顔に戻って言った。

夜にさしかかった今、岩蔵を一人で帰すわけにもいかないし、すぐにその二品を手に取ってみたくなったのだ。

「お易い御用でござりまするが、わざわざお越しくださらずとも、わたしが戻って

「取って参りましょう」

岩蔵は恐縮したが、それでは手間がかかるというものだ。

まず明石屋へ行き、そこから船で今宵の内に、鉄炮洲の川崎屋へ入ってもよいのである。

今は刻を無駄にしたくなかった。

岩蔵の秘策は他にもあるようだが、あれこれ訊いたとて、すべてをやりこなせるわけではない。

まず岩蔵の口から出たことを使ってみるのが何よりではないかと思ったのだ。

「帰ったばかりでいささか大儀であろうが、皆、よろしゅうに、な」

鷹之介は、威儀を正した。

無論、一同に異存はない。

留守を務めねばならぬ郡兵衛、杉蔵、春太郎が、寂しそうな顔を浮かべていた。

四

「やはり、付いていくべきであったかな……」

沖之助は溜息をついた。

父・岩蔵が珍しく袴をはいて、脇差を帯びて出かけんとするので行き先を問えば、武芸帖編纂所であると言う。

このところやっと体の調子も戻ったというのに、また海に潜ろうとしているようだ。

新宮鷹之介からは、しばし静養するようにと言われていたはずだ。それなのに自ら役所へ訪ねたとて、迷惑がられるのではなかろうか。

とはいえ、元気が戻っている岩蔵を止められるものではない。

「それなら、わたしが付いていきましょう」

沖之助はそう言ったのだが、

「お前は明石屋の主として、店を大きゅうするために励んできた。そのお陰でお前の母親は、安らかに死ねた。父もお前のお蔭で白浪流を保たれた。これからわたしは武士のかけらを背負うて赤坂の殿様に会いに行く。武士は己が意気地に命をかけるものじゃ。とは申せ、明石岩蔵の意気地は真に端迷惑なものであった。お前が同行するまでもない。これまでの厚情、忝し……」

岩蔵はそう言うと、沖之助に対し立礼をして、歩き出したのである。

沖之助は、いつになく迫力に充ちた父の姿に気圧《けお》され、ただ見送ってしまった。

お前は商人。おれは武士。違う道で生きる者が関わるではない。そう言い放たれた気がしたのだ。

やっと日が当った白浪流水術である。この術を命をかけて新宮鷹之介に伝えんと、強い意志をもって父は赤坂丹後坂へと向かったのであろう。

その気持ちはわかる。命をかけてといったとて、あの新宮鷹之介は、決して明石岩蔵を死なせぬはずだ。

ここは岩蔵の思う通りにしてあげたかった。

しかし、行く道は違えど、父と子の絆はひとつに繋がっておらねばなるまい。

岩蔵に何と言われようが、やはり自分は同行すべきではなかったのかと、思われてならなかった。

夫と義父の間を巧みに繋いでいたお仙も、武士の意気地となれば、何も口を挿《はさ》むことは出来なかった。

沖之助はそれをわかりつつも、

「やはり付いて行くべきであったかな……」

愚痴のようにお仙にこぼしていたのである。

この夏。

沖之助は久しぶりに、生き生きとした父の姿を見た。

初めのうちは、父が生き生きしだすと、また周りの者が大変だという想いに捉われたが、長年の父の執念が実を結ばんとしたことには、言いようのない感慨に襲われた。

明石家の息子として、父と共に白浪流を盛り上げんとせねばならないのではないのか。

楽をさせてやりたいと思った母は、もうこの世にはいない。

店の商売も落ち着いた今は、自分も道楽として水術に没頭したとてよいだろう。

お仙との間には六歳になる息子がいるが、お仙ももう子供の世話に煩わされることはない。

「わたしと店の者に任せて、旦那様は大旦那様と水術に励んでみたらどうなのです？」

お仙は、これくらいのことが言える女である。それが言えないのは、いつしか父と子の間に出来た溝がはっきりと見えるからに違いないのだ。

「お気になされるなら、お戻りになってから、何かお手伝いできることがないか、お訊ねになればようございますよ。旦那様もこの夏は随分と黒くおなりですから、話が合うかもしれませんよ」

しかし、この日お仙は、岩蔵のことをやたらと気にかける沖之助に、こう応えてニヤリと笑ってみせた。

お仙は知っていたのである。

岩蔵が武芸帖編纂所に召されてから、沖之助が釣船を自ら出しつつ、客の前で海に潜り、蛸や海老などを獲ってみせていたことを。

これは明らかに、明石岩蔵の息子として、泳ぎと潜りが未だにきっちりと出来るか、自分自身を試すための方便であった。

子供の頃は、父を超える水術の師範になってやろうと、無邪気に海で遊んでいた沖之助のことだ。

泳ぎや潜水の技にはすぐれていた。

商いに精を出せば出すほど自分の水術が衰えていくのではないだろうかと、彼はいつも恐れていて、今までも釣船を出す折はあれこれ理由をつけて海へ入り、己が泳ぎの腕を確かめていた。

お仙は何も言わなかったが、以前からそのことにも気付いていた。

沖之助の日焼けが今年は特に激しいと告げたのは、自分も水術の醍醐味《だいごみ》を知っているのだから、もう岩蔵の水術を認めて好きにさせてやれと言うのであろうか。

「お仙、親父殿の何を手伝えというのだい？」

沖之助はお仙に問うたが、彼女はにこりと笑うだけで何も言わなかった。

日頃は快活でよく喋《しゃべ》る女房であるが、父子の話になると、お仙はいつも多くを語らない。

若い頃は水術への夢を持ちながら、大人になるにつれ真面目な気性が前に出て、武士を捨て水術の道場を釣具屋として発展させた沖之助である。

亭主には亭主の意地も矜持《きょうじ》もあろう。

岩蔵の水術が世に認められたとて、それを手放しで喜べない沖之助の複雑な想いを察すると、余計なことは言えなくなるのだ。

沖之助は、お仙の気持ちはありがたいが、男は時に女房に尻を叩かれ、

「こうするべきです！」

と、言われた方が楽な時もある。

海の男に似合わぬ煮え切らぬ想いに、沖之助は溺れていた。

——いったい親父殿は、お役所で何をしているのだろう。

岩蔵は、夜になっても戻ってこなかった。

「やはり付いていくべきであったかな……」

沖之助の口から又もその言葉がとび出した時、明石屋に岩蔵が帰ってきた。

そして何とそこには、新宮鷹之介と編纂所の面々が一緒であったのだ。

五

鷹之介は、出迎えた沖之助の顔を見るや、

「斯様《かよう》な時分に、皆で押しかけてすまなんだ」

と、声をかけた。その上で、

「とんでもないことでございます」

と恐縮する沖之助に、岩蔵と共にここまで来た経緯を伝え、

「ここには、水松明と足ひれを求め、その使い方を学ぶために参った。この家の主は沖之助殿じゃ。そなたにも立合うてもらいたい」

沖之助の気持ち次第では、黙ってこのまま帰ってもよいと鷹之介は、己が意思を示した。

公儀の命を受けての水術編纂には、ある秘事も含まれている。そんなことに巻き込まれるのが嫌であれば、引き下がるしかないというのだ。

念の入った物言いに沖之助は、さらに畏まって、

「何を仰せでござりましょう。否《いや》も応《おう》もござりませぬ。父の栄誉にござりますれば」

きっぱりと言った。

岩蔵の表情が和らいだ。

「親父殿、水松明も足ひれも物置きにありましょう。火薬も花火に使う物を密かに手に入れております。火薬など使って、火事になった時は、きついお叱りを受けることになりましょうが、殿様の思し召しとなれば大事はないかと。とはいっても、親父殿、これらは扱いが難しい。すぐに使いこなせるものでもないと思いますが……」

だが、沖之助は岩蔵の鷹之介に対する進言には無理があると、窘《たしな》めるように続けた。

「じゃと申して、この身は役に立たぬ。まずお教えするしかなかろう」

岩蔵は、ここに至っても自分のすることに異を唱える息子に、厳しい表情を浮かべて向き直った。

「お教えすると申して、手ずから水松明を手にして、足ひれを着け、今から夜の海にとび込むわけにも参りますまい」

「それくらいのことはできるが、頭取から無理をしてはならぬと、きつく戒められているのじゃ」

苛々《いらいら》とする岩蔵の横合から、

「まずあたしに使い方を口で教えておくんなさい。それでやってみますよ」

お光が言った。

「いや、それには及びませんよ。今から父・岩蔵に代わって、この沖之助がお役に立ちましょうほどに」

沖之助の言葉に一同は、あっと驚いた。

岩蔵は聞き違えたかと目を見開いたが、

「言っておきますが、泳ぎと潜りについては、その辺りの漁師にひけはとらぬつもりです。これでも白浪流を伝授されておりますから、お光殿にわたしが加われば、仕事は随分とはかどりましょう」

沖之助は平然と言ってのけた。

「沖之助……」

岩蔵は言葉に詰まった。この老人は涙もろいようだ。ここでもまた黒い顔を濡らしている。

「親父殿は武士が捨て切れず、わたしは商いに身を置いた……。父と子で生きる道は分かれたかもしれませんが、海に生きる身は同じでございますし、男と男でございます。父の難渋を指を咥《くわ》えて見ていられましょうか。殿様は、何か大変なお役目を果されようとしておいでの由……。そのお手伝いができるのは、我ら父子にとっては誉《ほま》れ高きことでございます」

「そう思うてくれるか……」

「はい」

「沖之助、お前ほどありがたい息子を持つ親はどこにもいまい。心から礼を申すぞ……」

「いや、父上に背を向けてばかりいたわたしでございます。どうぞお許しを……」

沖之助は、岩蔵に低頭すると、鷹之介の前に膝をつき、

「どうか、父の代わりにわたしをお使いくださりませ……」

改めて願い出た。

鷹之介は感激に胸を締めつけられた。

人前憚《はばか》らず涙する岩蔵を見ると、父を早くに失った身が哀しくなってきたのだ。

父子には毛筋ほどの邪心も見えぬ。

「我らが探索している落し物は、かつて海に沈められた二万両ともいう将軍家の軍資金でござる。危ない目に遭わんとも限らぬが、助勢してくれますかな」

鷹之介は父子の誠意に、真実を打ち明けることで応えた。

明石父子は身震いをした。

「喜んでお受けいたしまする……」

平伏する沖之助の横に並んで、岩蔵もまた手をついた。

こういうところにお仙は一切姿を見せない。

何か込みいった話があるのではないかと察し、店の者が近付かないようにしているのだ。

鷹之介はますます胸を打たれて、

「よしなに頼みまするぞ」

と、声をかけた。

その時、感激屋の松岡大八が、声をあげて泣き出した。

六

沖之助は、その言葉通り鷹之介を大いに助けた。

刻を惜しむ武芸帖編纂所探索隊は、それからは鉄炮洲の川崎屋に詰めることにした。

編纂所を空けるのは気が引けたが、小松杉蔵と春太郎がいれば、中田郡兵衛が体裁を整えることで恰好はつこう。

どうせ役所自体は、日々編纂を続けるだけの機関で、外部とのやり取りなど無いに等しいのだ。

沖之助がいれば、まだ充分に海中が日に照らされていなくとも、水松明を使って作業が出来た。

足ひれは、手入れが大変であったが、こつを覚えると潜水には確かに役立った。

お光はすぐに使いこなせるようになったし、三右衛門もさすがに武芸の達人であ

る。身に備わった勘のよさは抜群で、

「ははは、これは年寄りにはありがたい」

と、潜水を大いに楽しむようになった。

京極周防守から渡されている海図は、ほぼ全域を調べたはずである。

この人数で当ったゆえに、いくつか見落しているところがあるかもしれない。

だが、お光頼みであったのが、沖之助の加入で一気に探索の幅が広がったのである。

「ふふふ。家の者の目を盗んで、水術の稽古をするのは大変であっただろうな」

三右衛門は沖之助を時に冷やかした。

父の水術道楽に反発しつつも、純粋に泳ぎを愛した沖之助の術は、今ここに生かされている。

「もっと素直に父の水術と向き合えばよかったのですが、苦労をした母親のことを考えると、なかなかそうはいかずに……」

沖之助は頭を掻いた。

思えば、母は岩蔵の水術をけなしたことは一度もなかったし、白浪流の大成のために身を粉《こ》にすることを厭《いと》わなかった。

亡くなる時も沖之助には、くれぐれも父を恨まぬようにと言い遺していた。

それでも、せめて自分は母の苦労を胸の奥にしっかりと受け止めねばなるまいと、父に背を向けてきた。

そうなると男同士は、向かい合っても言葉少なに終ってしまう。血の繋がりに甘えて、踏み込んだ話などまるでしないまま時が過ぎたのである。

「父と子というものは、どこもそうなのかもしれぬな」

艪を漕ぐ大八は、ふっと笑いながら相の手を入れると、

「あたしも男に生まれたかった……」

お光はつくづくと言ったものだ。

彼女は海女として自立している。その意味においては男達と同じであるが、女の身は何かと不自由が付きまとう。

後家で女房持ちと密会をして死んでしまった母親を持っているだけで、娘は好奇の目にさらされ、嚙みついたら酷《ひど》い目に遭わされる。

「このお役目を終えたら、あんたは漁師村で大事にされるさ。新宮鷹之介というお

人はそのように取りはからってくれる、近頃珍しい正義の武士だよ」

春太郎は、編纂所でお光にそっと告げたが、大事にされたからといってどうだというのだろう。

一度醜い正体を見てしまった連中が、どんなにやさしくしてくれても、気持ち悪いだけではないか。

頑張れば頑張るほど、芝浜に戻る日を近付けることになるなら、いっそこの夏はもう宝など見つからなくてもよい――。

そんな気にさえなるが、

「お光、無理をするな。少しは休むがよい」

新宮鷹之介にやさしい言葉をかけられると、

「これくらい何でもありませんよう」

と、また海に潜ってしまうのである。

小さな船に、色んな人の想いを乗せて、宝捜しは続いた。

彼らの周りは実に平穏であった。

四谷の儀兵衛が、そっと繋ぎをとってくれたところ、深川の強盗の三人は依然、その行方がわからないという。

鷹之介は、三右衛門、大八と諮《はか》って、自分達を窺い見る怪しい者の影はないか、気を配るようにしたが、海の上にいては敵といえるものは雨風と荒波だけであった。

彼らの船を見張る船は確かめられなかった。

遠く釣船や荷船が通り過ぎるが、どれも皆同じに見える。

思えば京極周防守ほどの武士が、秘事を外に漏らすはずはない。もしも以前に宝の存在を知る者がいたとすれば、とっくの昔に宝を奪い去っているであろう。

だがそれを考えると周防守への報告には、

「我らの力では見つけることができませなんだ……」

ということもありえるのだ。

「いや、きっと見つかりましょう。京極様はそれなりの確信を持っておいでに違いござらぬ」

三右衛門は、考え過ぎぬことだと若き頭取を戒めて、探索は続けられた。

沖之助が加わってから六日目のことであった。

その日も残暑厳しき晴天で、早朝から海は陽光に照らされ、海中は実に美しかった。

昼を過ぎた頃であった。

海中から顔を出したお光が、

「殿様、何やら箱みたいな物が、海の底から覗いているように見えるんですが
……」

息を切らしながら言った。

「何と……」

鷹之介が応えるや、沖之助の姿は海中にあった。

今や、足ひれの力で、海底へは素早く下降出来るようになった。

ほどなく、沖之助もまた海中より顔を出し、

「お光殿の言う通りです。岩陰に紛れておりますが、あれは恐らく箱が一《ひと》ところに積まれた跡ではないかと……」

興奮気味に言った。

「よし、まずは調べてみよう」

その時、船に乗っていたのは、鷹之介、三右衛門、大八、お光、沖之助の五人で

あった。

五人は夢中になって海底へ潜った。

何度も潜り確かめると、確かに箱がある。

その数は二十。すべてに葵《あおい》紋が刻まれてあった。

千両箱として二万両である。やはり秘宝に違いない。

そうと断定した時、五人は船の上で、しばし放心した。

鷹之介はともかく、百戦錬磨の三右衛門と大八までもが、笑ったような嘆いているような顔をしてしばし肩で息をした。

水術は、同じ武芸でもまったく勝手が違った。それを一夏かけて海に通い、目的を達したのである。

喜びよりも安堵が体の底から湧き上がっていたのだ。

海の神秘、美しさに触れ、その時々で楽しみを見出したが、もうしばらく水には浸かりたくないと体が叫んでいた。

それはお光とて同じであろう。

一人余力のある沖之助は、まず一箱を引っ張り上げようと縄を用意したが、

「まず待たれよ……」

鷹之介はそれを制止した。

「今日はこのまま一旦、戻ろう」

引き揚げる時は一気に海底から荷船に積み、そのまま鉄炮洲の稲荷橋の北岸にある、御船手の船着場に運ぶように――。

京極周防守からは、そのように命じられていたのだ。

そして、二十箱を引き上げるには、新たに船がいる。

ここは焦らずに、一旦船宿へ入り、もう一艘を用意した上で、明朝を待ってこの地点に戻り一気に引き揚げる段取を組んだ。

何よりも、一同は見つけたことで一気に疲労が押し寄せていた。

まず船宿に戻り、軽く一杯引っかけ、就寝して、心を落ち着けてから来るに限る。

川崎屋にも、大きめの船をすぐに手配してもらわねばならなかった。

その荷船の船頭は、沖之助が務めればよかろう。

おあつらえ向きに雨が降ってきた。

早めに船宿へ引き上げる姿を、もし誰かが窺っていたとしても怪しまれることもあるまい。

五人はその地点に浮きを設置して、意気揚々と船宿へ向かった。鷹之介は繫ぎの番をしている原口鉄太郎と覚内に、首尾を耳打ちし、方々に密使として送るつもりであった。

ところが雨足は強まり、大八に代わって艪を漕ぐ沖之助も慎重になる。早く戻るつもりが、船の上で一息ついていたので、結局は日暮れとなってしまった。

五人は船着場で降り、いつものようにそのまま階《きざはし》を上がり、離れ屋の出入口に向かわんとしたが、

「何奴《なにやつ》……」

三右衛門が低い声で言った。

階の横の植え込みに、怪しき黒い影を認めたのだ。

さすがは三右衛門であった。

その影は見事に気配を消して、軒先で植え込みに同化していた。

鷹之介がすぐには気付かなかったほどだ。

「何卒、そのままでお聞きくだされ……」

影は襲ってはこなかった。

鷹之介は、刀の鯉口《こいぐち》を切っている三右衛門と大八を目で制した。

影の姿に思うところがあったからだ。

影は頭巾を被っていたが、それをとって顔を覗かせた。

小柄な男の顔は、ふくよかで眼尻に黒子《ほくろ》が見える。

「そなたは……」

その顔に見覚えがあった。

「明楽以蔵《あけらいぞう》にござりまする」

「このまま聞きましょう」

明楽以蔵とわかって、鷹之介は他の四人に部屋へ入るように目で合図をした。

明楽以蔵は公儀御庭番《おにわばん》の一人である。

将軍直属の忍びの者で、以蔵は特に家斉に気に入られていた。

その以蔵が、植え込みに潜んでそっと語りかけてきたのである。

何か深い理由があるのに違いない。

鷹之介は、何くわぬ顔で雨空を見上げつつ、以蔵に背を向けたままで、

「して、何用にござる？」

「いよいよ宝が見つかったようにて……」

「何ゆえそのようなことを……」

「京極様から、神君家康公がお隠しになった二万両ともいう金について伺うておりまする」

以蔵は、誰も知りえぬ情報を鷹之介に告げて、公儀からの密使である由を鷹之介に伝えた。

鷹之介は納得をして、

「いかにも見つかり申したが、よくそれがわかりましたな……」

「それが御庭番というものにござります」

以蔵は、将軍家の命を直に拝する身の矜持をさりげなく言葉に込めつつ、

「よくぞお捜しなされました。さぞお喜びのことと存じまする」

将軍の名は出さず、鷹之介を労《ねぎら》った。

「明朝、荷船をもう一艘出し、そのまま御船手へ参るとお伝えくだされ」

「畏まりましたが、くれぐれも御用心なされませ……」

以蔵はそれから手短に注進をした後、雨にけぶる船着場の陰から、何方《いずかた》へとなく姿を消したのである。

七

翌朝は曇り空であった。

海上には靄《もや》がかかり、海中もぼやけて見えたが、昨日浮かべた浮きを頼りに沖へ漕ぎ出すと、沖之助がすぐにその場を探しあてた。

釣具屋の主でありながら、彼は海図の作成や測量などにも長《た》けていて、岩蔵のそれに引けはとらなかった。

彼は今、水軒三右衛門一人を乗せた荷船の艪をとっている。

「真に頼もしき男でござるな」

いつもの船の艪をとる松岡大八が、呟くように言った。

こちらの船には新宮鷹之介にお光、原口鉄太郎が乗っている。

二艘は海上で寄り添い、沖之助とお光が海中に潜り、昨夜打合せた要領で箱に縄をかけて、鷹之介、三右衛門、大八、鉄太郎で引っ張りあげる。

木は完全に海中に浸かっていると腐食しないそうな。

海中に眠っていた木箱は、引き上げてみると、どれもまだ新調したかのように美しく、水から船に上がると、ズシリと重たかった。

蓋は錠がかかっていて、しっかりと閉ざされている。これは後ほど打ち破るしかないようだ。

昨夜は思わぬところで、公儀御庭番・明楽以蔵の訪問を受けた。

彼は京極周防守との繋ぎのために遣わされたそうだが、以蔵を人選してよこすとは、周防守がいかにこの秘宝探索を内密に進めていたかが窺われる。

このように次々に宝箱を引き揚げたとて、中に金が入っていないことも考えられる。

そうなると、神君家康公の伝説そのものが笑い話となり、それを信じてせっせと探索して運び出した公儀がたわけに映る。

いくら内密に進めても、公儀の正式な命令系統でことを運べば、それだけこの茶番が世間に漏れる可能性も大きくなる。

どこまでも武芸帖編纂所が、水術編纂事業の中で、たまたま遺失物を発見して届け出たことにせねばならぬ。それが周防守の意向なのである。

しかし、それにも拘《かかわ》らずこの情報が漏洩《ろうえい》したきらいがあると周防守は見ている。

それゆえ明楽以蔵を送り、用心するように伝えたのであるが、それがいかに漏洩し、誰がこの宝に狙いを定めているかが問われるところである。

「皆、ぬかるでないぞ。明石屋の主殿とお光は、いざとなれば水中に難を逃れてくれ」

すべての木箱を荷船に引き揚げたところで、鷹之介は低い声で一同に伝えた。

「このまま御船手へと参る」

そうして、二艘の船が動き出した時――。

靄の向こうから、猛烈な勢いで近付いてくる船影があった。

船は一艘ではない。四方から囲むように迫って来るのだ。

艪は二挺《ちょう》。船上にはそれぞれ三人の武士が乗っている。

漕ぎ手は何れも熟練の者だ。

「早速来たか……」

この四艘の船は、明らかに今鷹之介達が引き揚げた荷を狙っている。

そして鷹之介達はこの来襲を予見していて、迷わず二十の木箱を海に沈めた。箱には縄が結えられていて、これが船の縁に打ちつけられた鉄杭にきつく止められてある。

こうすると、二十箱を引き上げねば重しとなって動かすことが出来ない。船を奪い去られはすまい。

ここに水軒三右衛門が仁王立ちとなり、沖之助とお光は水中に逃れた。

すると早くも荷船に取りついた一艘から、三人の男が乗り移り、三右衛門に襲いかかった。

三右衛門はまったく慌てない。揺れる船の上にいてまるで体勢を崩さずに、手にした細身の鉄棒で先頭の一人の面を打ち、素早く続く一人の足を払い、残る一人の胴を突いた。

「お見事……！」

鷹之介は唸った。

三人は堪らず海へ落ちたが、三右衛門の息はまったくあがっていない。

たとえば屋根の上であろうと、吊り橋の上であろうとも、ためらいなく剣を揮える術が三右衛門には備っている。

しかし、三人目を突いた時。

今しも新手が三右衛門の背後から、かからんとした。

「参る！」

鷹之介は見事に跳躍して荷船に乗り移り、同じく細身の鉄棒で、一人の小手を打ち、そのまま蹴り上げた。

ふと見ると、三右衛門が倒した三人を乗せていた船の船頭二人は、既に松岡大八によって、海の中に叩き落されていた。

「頭取、忝し！」

鷹之介が一人を海へ叩き込んだ刹那、半転した三右衛門は、後続の一人に鉄棒を突き入れていた。

さらに一人が抜き身を船上で振り回したが、突如海中から現れた沖之助が、その奴の足をむんずと摑んで海中に引き入れた。

そ奴もまた水術の心得があるようで、海中で沖之助と揉み合ったが、突然がくんと水に潜った。

お光が足を引っ張ったのだ。

素早く息を継いだ沖之助が、さらに水中に引きずり込む。どちらが息が続くかの根比べだ。

やがてそ奴の息が切れ、気を失いそうになったところで、沖之助とお光は手を放し、また水中に潜る。

もう一艘の船頭二人は、恐れをなして無人となった船を漕ぎ出してその場を逃れんとした。

しかし、残る二艘の内の一艘に乗る三人は、いずれも半弓を手にしている。

これが近寄りざま荷船に矢を放った。

鷹之介と三右衛門は咄嗟に屈んでよけると、矢に備えて板で拵えた楯をかざした。

「おのれ……」

大八と鉄太郎は助けんとしたが、もう一艘が船に近寄り手槍をつけてきた。

大八はそれを見るや、いち早く船の棹を横に薙《な》いだ。

棹は敵の横面をはたき、相手は混乱した。

それを見て取った半弓の三人は、一斉に大八と鉄太郎に矢を射んとした。

ところがあわやというところで、敵の船がぐらりと揺らいで、射手達は体勢を崩した。

再び沖之助とお光が水中から、敵の船を揺らし、小刀で船頭二人の足を刺したのである。

「おのれ小癪《こしやく》な!」

敵は船上から二人を突き刺さんとしたが、海中に潜ってしまえば、この二人を捉えることは出来なかった。

そして、もう一度体勢を立て直して半弓に矢をつがえんとする。

この時、相手の混乱を見て取った鷹之介が、荷船から大八が乗る船に飛び移り、さらに手槍を揮う敵の船に跳躍し、鉄棒を振り下ろした。

かの源九郎義経の八艘《はつそう》飛びを彷彿《ほうふつ》とさせる攻撃に相手はたじろいだ。

「それ!」

大八は艪を漕ぐ二人へ棹を突き入れ、漕ぎ手二人は堪らず海へと落ちた。

「えい！」

その空いた船尾に、鉄太郎が飛び移り、鷹之介に加勢した。

敵はかなりの手練れで、鉄太郎の腕ではまだまだ心許ないが、船の上では相手も力を出し切れない。

たちまち鷹之介の鉄棒に肩を砕かれ、肋《あばら》を折られ倒れ込んだ。

だが、こ奴らが倒れたのを幸い、件《くだん》の半弓の射手が体勢を立て直し、今にも矢を放たんとした時。

靄が晴れ、猛烈な勢いで一艘の船が二挺艪で迫ってきた。

すわ、敵の新手か——。

と思いきや、

「待っていたぞ！」

と、鷹之介が叫んだ。

その船に乗っているのは、手裏剣の名手・春太郎こと富澤春と、鎖鎌術の達人・小松杉蔵であった。

艪を漕ぐのは御庭番・明楽以蔵の配下で、操船にすぐれた二人の忍びである。

武芸帖編纂所への襲撃を予見した鷹之介が、予《あらかじ》め探索船を遠巻に見守り、いざとなったら漕ぎ寄せるようにと、伏兵を置いていたのだ。

近寄りざま、三人の射手に春太郎が放った棒手裏剣が次々と飛来したかと思うと、彼らの腕、肩、背中に突き立った。

どれもが致命傷を与えるほどのものではなかったが、三人が矢を射られぬ状態に追い込むには十分な攻撃となった。

間髪《かんはつ》を容《い》れずに、杉蔵が投げた鎌が、船の縁に突き立った。

「それッ!」

杉蔵は錨《いかり》を海に投げ入れた。錨の鎖は鎌に繋がっている。深々と突き立った鎌は容易には抜けず、船の動きを止めてしまった。

「よくぞ来てくれたな!」

荷船の上で三右衛門が叫んだ。

「日頃の義理は果しましたよ!」

春太郎は、してやったりの表情を浮かべた。

「いやいや、このところは蚊帳の外にいる心地がいたしておったゆえ、随分と楽しゅうござったが、ちと暴れ足りなんだような……」

杉蔵は少しばかり残念そうな顔をしてみせたものだ。

「新手の襲撃はあるまいか……」

大八は気を引き締めて辺りを見廻した。

「いや、それはあるまい……」

鷹之介はふっと頬笑んだ。

遠く船手組の巡視船が見えた。

佃島沖に怪しい船があるとの通報の許《もと》、一斉に出動したようだ。

先ほど逃げ出した一艘が拿捕《だほ》されるのも、刻はかかるまい。

今、船上で倒した者、海へ放り込んだ者の始末もつけてもらわねばならなかった。

「皆、まず一ところに集まろうか。真に御苦労でござったな」

鷹之介が荷船に乗り移ったところで、海中から沖之助とお光が顔を出した。

八

謎の船団から秘宝を見事に守り抜いた、新宮鷹之介以下、武芸帖編纂方の面々であったが、この襲来は予期されていた。

昨日、明楽以蔵が鷹之介に耳打ちしたところでは、御城の蔵から発見された〝佃島記〟について知る者が、鷹之介に与えられた密命を嗅ぎつけ、そっと見張っていたというのだ。

鷹之介も用心深いし、水軒三右衛門、松岡大八の鋭い感性をすれば察知出来たはずだが、その辺りは彼らとて人間であった。

まさかそこで見張られているとは――。

その油断があったのだ。

そこでというのは、船宿の川崎屋であった。

ここの主の嘉兵衛は怪しい男ではない。実直で人がよく人望をも持ち合せている。

だがそれだけに、まさか店の奉公人の中に、いかがわしい者が交じっているとは思いもかけなかったようだ。

この船宿は、京極周防守や、側衆の長妻伯耆守が、時に微行で訪れる店である。ゆえに奉公人の出自にも気を遣っていた。

ここでの密談などが、外に漏れたりしたら大変なことになるからだ。

それでも、出自がしっかりしていたり、信用出来る筋からの紹介となれば安心かといえばそうでもないのだ。

この奉公人が、武芸帖編纂所の動きを見張っていた。

一人ならず数人がそうであった。

鷹之介が、荷船の手配を川崎屋に頼んだのは自然の流れであった。

それは、京極周防守から勧められた船宿であったからだ。

だが、ここに間者《かんじゃ》がいたとすれば、鷹之介が荷船を頼むのは、秘宝が遂に発見されたことに他ならない。

かくなる上は海上で荷船を乗っ取り、海難事故に見せかけ、彼を編纂方共々葬ってしまわんと敵は企んだのである。

となれば、首謀者は内なる敵だ。そ奴の手の者を返り討ちにして、そこから首謀者が何者かを暴き出す。

公儀隠密・明楽以蔵は、気付かぬふりをして、迎撃態勢を整えた上で、いよいよ秘宝の水揚げに当るべしと、周防守の内意を伝えに来たのだ。

鷹之介はこれを忠実にこなした。

予め迎撃態勢をとっていたので、武芸帖編纂所に集う武芸者と共に戦えば、負ける気はしなかった。

そして見事に敵を退け、このところ習得していた水術の成果を見せた。

あくまでも編纂事業の中で、秘宝らしき物を見つけたところ、何者かに襲われ、賊と共に拾得物を御船手に引き渡す体をとったのである。

とにかく密命は果した。

後は周防守に預け、自分達はまた平時の武芸帖編纂の暮らしに戻ればよいのだ。

深川の三人組の強盗のことなど、気になることは多々あるが、それも時と共に解決されていくであろう。

だがそれらの事情は、時を待たずしてすべて明らかとなった。

再び木箱を船に積み、御船手の軍船に護られて、霊岸島《れいがんじま》にある御船手御番所へ行くと、そこに京極周防守が待ち受けていた。

周防守は御船蔵の前に陣幕を張り、護衛の士を周りに立たせ、そこに二十箱の件の木箱を並べさせ、鷹之介達には床几《しょうぎ》を与えた。

「うむ、御苦労であったな……」

そうして一人一人を労い、満面に笑みを浮かべたものだ。

——この笑顔が曲《くせ》ものなのだ。

鷹之介は嫌な予感に襲われた。

「まず、よくぞ運び出してくれたな。さりながらひとつ詫びねばならぬことがあるのじゃ」

案に違わず、周防守はおかしなことを言った。

「まず、この宝なのじゃが……」

周防守は配下の武士に命じて、木箱の蓋を次々と開けさせた。

「何と……」

一箱を除いて、中には石が詰められてあった。その一箱にのみ、麻袋に包まれた何かが入っている。

「そもそも、神君家康公が佃島の漁師に託した軍用金などはなかったのじゃ」

「なかった……？　では〝佃島記〟なる文書は……」

「あれも作り物じゃ」

「ならば、この木箱はいったい……」

「これも、予めそっと沈めておいたものでな」

「ならば、この箱がどこに沈んでいたか、初めから知れていたのを、我らが捜していたということにござりまするか？」

「すまぬ。これも敵を欺《あざむ》くための方便でな」

呆れ顔の鷹之介に、周防守は首を竦《すく》めてみせた。

敵を欺くためには、まず味方から――。

要は武芸帖編纂所が囮《おとり》になったということになる。

「その敵と申しますのは、何者でござりまするか？」

人騒がせな奴もいるものだと、鷹之介はいささか気色《けしき》ばんで問うた。

周防守は、その若武者の利かぬ気を楽しむように、しばし鷹之介を見つめた後、

「側衆・長妻伯耆守じゃ」

静かに言った。

「まさか……」

鷹之介だけではない。三右衛門、大八、お光……。彼を知る者は皆一様に目を丸くした。

あの穏やかで、下々への気配りも行き届いた公儀の重役が敵であったとは――。

だが、そう考えれば頷ける節はあった。

わざわざ武芸帖編纂所へ訪ねてきたり、船宿〝川崎屋〟へ、陣中見舞を入れてくれたりしたのは、油断をさせ、その裏で編纂所の動きを探る策略であったと言える。

〝川崎屋〟に、長妻は顔が利く。

手の者をそっと奉公人として忍ばせることなどわけもなかろう。

「長妻には、かねてより専横《せんおう》の振舞《ふるまい》が噂に上っていてのう……」

側衆は将軍側近の役儀ゆえに、あらゆる機密事項に触れることがある。

長妻はそれを悪用し、幕府の寺社造営などの普請の情報を密かに流し、御用商人から賂《まいない》を得ていたのだ。

そして、金の力で人の口を黙らせ、巧みに疑惑をかわしてきた。

けていた。

官吏としては有能であるだけに、

「多少のことはよいではないか……」

ちょっとした役得ならば、それは大目に見てやればよいと、将軍・家斉も情をかけていた。

わざわざ追い込むまでもないと言って、さりげなく表沙汰になるほどの不正を働くなと、遠回しに伝えてきた。

しかし、長妻はそんな家斉のありがたい思し召しを裏切り、その後も密かに不正を続け、それは目に余るようになってきた。

見つかるはずはないと高を括っているのならば、思い知らせねばなるまい。

家斉は遂に怒り、長妻が尻尾を出す仕掛けをおくよう京極周防守に命じた。

内偵の結果、長妻は悪徳両替商にのせられて相場に手を出し、二万両近くの借金を作り、商人から脅しをかけられているとの情報を周防守は摑んだ。

金の力が武に勝る時代になっていた。

このまま強権を発し、長妻を詮義にかけてもよいかもしれぬが、

「それでは今ひとつおもしろうない……」

家斉の中で悪戯心が湧き上がってきた。

そうして思いついたのが、東照神君の秘宝話であった。

家斉が、あくまでも表向きにはせずに、武芸帖編纂所に確かめさせる体をとったのは、長妻伯耆守に餌をぶら下げんとした方便であった。

新宮鷹之介が生真面目に役儀をこなせばこなすほど、長妻は二万両に心を動かされた。

武芸帖編纂所には手練れの武芸者がいるといっても、訪ねてみれば初老の男が二人いるだけであった。

海上で襲い、宝を横取りして、海難事故に見せかければ、どうということもあるまい。

長妻は武芸に造詣《ぞうけい》が深そうに取り繕っているが、どこまでも文官で生きてきた男で、武について今ひとつわかっていない。

気持ちの焦りもあり、いよいよ鷹之介が秘宝を発見したと見るや、性急に兵を動かしてしまった。

ましてや、京極周防守に手の内を読まれていたとは知る由もなかったのである。

「長妻ほどの切れ者も、とどのつまりは貧《ひん》すれば鈍《どん》する。人は身にそぐわぬ欲はかかぬことじゃのう」

周防守はつくづくと言った。

少しでも鷹之介の力を削ごうと、深川に切取強盗を出現させ、そのどさくさに春太郎と小松杉蔵の命を奪おうとしたのも長妻の差し金であった。

それをしくじった、長身痩軀、小太り、顔に切り傷がある偉丈夫の三人は、口封じをされたのであろう。向島《むこうじま》の川端で惨殺体として発見されたという。

殺し損ったゆえに、かえって春太郎と杉蔵を鷹之介の懐中に入れてしまった。それもまた皮肉であるが、

「長妻には、目先の金を求めるあまり、じっくりと思案をする間がなかったのであろう」

これだけ海上を騒がせたのである、捕えた者を詮義すれば、方々綻《ほころ》びが出て、さすがの長妻伯耆守も言い逃れは出来ぬであろうと周防守は言う。

評定所《ひょうじょうしょ》の詮議によって、長妻と関わっていた悪徳商人、この一件に関与した者の名も明らかになろう。

「まず、その辺りのことは、こちらに任せておけばよいが、こ度の水術の編纂については、また大きな成果をあげたのう」

周防守は一通り事情を語ると、何度も頷いてみせた。

――冗談ではない。本来編纂所がするべき仕事ではないというのに、こっちはこの夏大変な想いをさせられたのだ。

鷹之介は、放心すると共に恨みごとのひとつも言いたくなったが、考えてみればこの度の水術編纂は、実戦付きの有意義なものであった。

「上様におかれては、もう既にそなたのこ度の働きぶりをお喜びになられておいでじゃ。そのうちに武芸帖編纂所にもお渡りになられようぞ」

「上様が、赤坂へ……」

こう言われると、鷹之介は素直に喜ぶしかない。

将軍家がわざわざ御城を出て、一役所を訪ねるなどありえないことである。

それを真に受けるほど鷹之介はめでたくはないが、そういう意思を示しているのは、周防守の物言いでわかる。

またも、家斉の気まぐれと物好きによって、大変な目に遭わされた感はあるが、何かというと鷹之介に無理難題を押し付けて楽しんでいる家斉を思うと、鷹之介は嬉しくなってくる。

そんな頭取の想いは、今この場に連なる者達の胸をも熱くした。

水軒三右衛門、松岡大八はともかく、春太郎、小松杉蔵、明石沖之助、お光などは、将軍の言葉を時の若年寄から直に伝えられ、天にも昇る心地であった。

隅に控える原口鉄太郎、覚内も鼻高々というべきか。

「して、上様におかれては、鷹めが見事見つけたら、これをとらせよとのことじゃぞ」

周防守は、二十箱の内にひとつだけ石くれではなく麻袋が入っていた件の木箱を、鷹之介の目の前に持ってこさせた。

鷹之介が、そのしとど濡れた袋を押し戴《いただ》くと、それはずしりと重たかった。

周防守に促されて中を開けると、そこには二百両が入っていた。

「ふふふ、二万両ではのうて二百両。それを骨折り料として受け取るがよいとのことじゃ。まずは許せ、許してくれ……」

周防守は高らかに笑ったのである。

九

その夜。

武芸帖編纂所の武芸場は宴の場と化していた。

隣接する新宮家屋敷からも入れ代わり立ち代わり、家来、奉公人が訪れ賑《にぎ》やかなことこの上もなかった。

高宮松之丞は、武芸場で宴など鷹之介らしくもないと訝《いぶか》しんだが、

「あれこれといいように使われたのだ。これしきの行儀の悪さは許してもらおう」

堅物《かたぶつ》の鷹之介が言うので、

「左様でございまするか……」

と、宴の仕度に立ち働いた。

思えばこの度の水術編纂は、苦労の連続であった。

鷹之介は、苦難を共にした同志達を労わずにいられなかった。

懐には二百両の褒美《ほうび》がある。

水軒三右衛門、松岡大八、中田郡兵衛に加えて、春太郎、小松杉蔵、さらに明石岩蔵、沖之助父子や海女のお光に賞与を渡し、大いに飲みたかったのである。

宴となれば春太郎の三味線がある。

一同は戦いを制し、密命を成し遂げた興奮を、騒ぐことで落ち着かせたのだ。

しかし、大いに盛り上がる宴の中にあって、お光だけは表情が冴《さ》えなかった。

武芸帖編纂所の水術編纂もこれで終りとなろう。

そろそろ芝浜の漁師村に戻らねばならないお光であった。

もう残暑も過ぎよう。これからはお光も漁師達の手伝いをして過ごさねばならない。

騒動のほとぼりは冷めているだろうか。

冷めていたとて、顔を合わせれば互いに気まずいのは変わるまい。

それでも鷹之介のお蔭で、以前よりは余ほど扱いもよくなろう。

所詮身寄りのない海女なのだ。己が力で生きていくしかない。

それはわかっているが、ここでの暮らしが充実していただけに、村へ帰っても男達が皆間抜けに見えてしまうような気がする。

また、一人浮いた暮らしが続くに違いない。祭の後の寂しさは、若いお光に重くのしかかっていたのである。

ひとしきり騒ぐと、春太郎は三味線を置いて、お光の横に座り、

「浜には帰りたくないんだろう」

と、肘をついた。

お光は言葉に詰まったが、こっくりと頷いてみせた。

「そんならここに置いてもらえばいいじゃあないか」

「そんなこと、言えないよう」

「ふふふ、なかなか控えめなところもあるんだねえ」

「あたしは海女だよ。場違いじゃあないか」

「そうかねえ……」

春太郎がニヤリと笑った時、

「さて頭取、こ度は〝白浪流水術〟を武芸帖に記すのでござりましょうな」

郡兵衛が言った。

「うむ。左様……」

鷹之介が頷くと、明石父子の顔が輝いた。

「親父殿、よろしゅうございましたな。公儀武芸帖にその名が記されるのでござりますぞ」

沖之助が喜べば、

「いや、真にありがたき幸せにござりまする」

と、岩蔵が畏まった。

「ならば何と記しましょう。道統を継ぐのは沖之助殿で……」

郡兵衛が問うのに、沖之助は頭を振って、

「いや、わたしのような者が道統を継ぐなど恐れ多うございます」

今まで岩蔵に背を向けてきた身が継承者とはなれない。弟子は一人で十分だと言う。

岩蔵は、沖之助の言葉に胸が詰まり、三右衛門の顔を覗き込むようにして助け船を求めた。

三右衛門はニヤリと笑って、

「真によいお心がけじゃ」

と、沖之助に頷いてみせた。

「沖之助殿には、明石屋の主という顔がござるゆえにのう。とは申せ、白浪流の道統は誰かに継いでもらわねばなるまい」

「いかにも」

鷹之介は相槌を打って、

「岩蔵殿、いかがでござろう。これにいるお光に相伝をなされば」

「なるほど、お光殿に……。ははは、頭取のお勧めとあれば是非もござりませぬ。お光殿は天性の水術の才があるようにござりまする。いかがかな」

お光は、驚きに顔をこわばらせながら、鷹之介を見つめた。

「お光、何か不足でもあるのか？　白浪流を受け継げば海女ではのうて武芸者となろう。最早浜には戻られぬゆえ、このままここに住み、あれこれと手伝うてもらおうか。まず女中のようにこき使われるが、まあ気を遣わねばならぬ者もおらぬゆえ、楽に構えていればよろしい。どうじゃな？」

お光はぽろぽろと涙を流しながら、

「こんなあたしでよろしゅうございましたら、飯炊きから掃除まで何でもしますから、どうぞここに置いておくんなさいまし」

と、頭を下げた。

「ははは、これお光……」

大八は笑いながら、

「白浪流を受け継ぐかどうかを訊ねているのじゃよ」

「は、はい。それはもう、あたしでよければお受けいたしますでございます」

「よし！　ならば決まった！」

鷹之介とてお光の気持ちはわかっていた。三右衛門と大八は、予《かね》てからお気に入りのお光に白浪流を修得させることで、彼女を武芸帖編纂所に留め置かんと望んでいて、鷹之介に願い出ていたのであった。

少しばかり羨《うらや》ましげな春太郎と杉蔵の傍らで、郡兵衛は早速筆をとり、

〝白浪流水術　相模国浪人明石岩蔵が江戸へ出て一流を成し　光女にこれを相伝す〟

と料紙《りょうし》に書き留めた。

光文社文庫

文庫書下ろし／長編時代小説
父《ちち》の海《うみ》　若鷹武芸帖《わかたかぶげいちょう》
著者　岡本《おかもと》さとる

2019年5月20日　初版1刷発行

発行者　鈴木広和
印刷　萩原印刷
製本　ナショナル製本

発行所　株式会社光文社
〒112-8011　東京都文京区音羽1-16-6
電話（03）5395-8149　編集部
8116　書籍販売部
8125　業務部

ISBN978-4-334-77856-9　Printed in Japan

組版　萩原印刷